物寿吉咏

北京艺术博物馆　王放　著

北京燕山出版社

序言

王放

北京艺术博物馆副研究馆员，长期从事展览策划及相关展陈工作。

北京艺术博物馆坐落在逶迤东去的长河河畔，藏品十万余件，涉及书画、织绣、陶瓷、玉石、竹木牙角、漆器等，门类包罗万象。馆址所在地万寿寺始建于明代万历五年（1577 年），是明清两代皇家祝寿的重要场所。

2018 年至 2022 年，北京艺术博物馆在市政府和市文物局的支持下，对博物馆内的古代建筑进行大修并对博物馆功能进行调整。在闭馆的五年之中，王丹馆长一直筹谋开馆时为观众提供更好的展览和服务，为此全馆上下进行了几轮展览选题的筛选。在王馆长和专家的认可下，我策划的“吉物咏寿——吉寿文物专题展”有幸作为此次开馆的重点展览之一，并且专门为此出版图录，方便观众把“展览和美好的寓意带回家”。

中国特有的吉祥文化，历史悠久、内涵丰富，而且形态多样，但目的都是为了祈福，这其中祈寿是最重要的一部分。“寿，久也”，没有长久的生命，就无法享受人生中的百福。由追求长寿而衍生出的各种风俗绵延久远，所形成的祝寿文化，在社会和历史上涵盖范围甚广，不论皇亲贵胄，还是平民百姓俱深受其影响。祈寿、祝寿所涉及的题材亦光怪陆离，上至仙佛，下至鸟兽花木，芸芸万物。

本次展览，并不是对我国渊源深远的寿文化进行一次学术性的探究和溯源，只是以曾经作为皇家祝寿地的万寿寺重新开放为契机，以北京艺术博物馆的馆藏为资源，在馆藏字画、瓷器、织绣、竹木牙角等各品类文物中拣取与寿文化相关，精致且又能体现祝寿祈福等美好寓意的展品，以喜闻乐见的形式展现给观众。在这里，展品本身不过是中华民族纷繁闪耀的传统文化的物质体现，中国人一心追求和平美好的“人间世”，才是构建中华文明生生不息的动力，这也是我们想通过展览让观众真正体会到的。

为了能够实现展览的初衷，北京艺术博物馆业务部的各位同事为该展览精心拣选展品并为展览图录编写词条，在此特别感谢杨俊艳、李晔、高塽、刘远洋、胡桂梅、李蓓各位专家，以及王丹馆长，让此本图录顺利出版。

目录

序言

前言 001
一 吉寿列彰 003
二 聚物续永年 011
三 锦绣华章 107
四 祈寿随身 149
五 笔下有“南山” 167
六 雅意绵延 181

01 万寿庆典图 004
02 胪欢荟景图 006
03 崇庆皇太后八旬 008
万寿图贴落
04 粉彩群仙祝寿图盖碗 012
05 象牙微刻群仙祝寿牌 014
06 青花五彩八仙祝寿人物图花觚 018
07 象牙微刻八仙图烟枪 020
08 八仙人物图象牙刻件 022
09 犀角雕八仙庆寿图杯 026
10 沉香木雕八仙如意 028
11 斗彩蝠海纹碟 030
12 斗彩海屋添筹图碟 032
13 粉彩开光海屋添筹图如意 034
14 红彩寿字花口盘 036
15 斗彩寿字桃纹盘 038
16 斗彩寿字纹盘 040
17 青花云鹤团寿纹盘 042
18 青花百寿图瓶 044
19 蓝釉描金百寿象耳大瓶 046
20 粉彩过枝八桃纹盘 048
21 粉彩寿桃纹碗 050
22 黄地粉彩五福捧寿纹杯 052
23 粉彩五福捧寿纹盘 054
24 斗彩暗八仙纹折腰盘 056
25 粉彩暗八仙纹碗 058
26 绿地粉彩万福花卉纹折沿盘 060
27 黄地粉彩万寿无疆纹碗 062
28 铜胎画珐琅花卉蝙蝠纹碗 064
29 黄地粉彩福寿纹碗 066
30 黄地粉彩福寿纹盘 068
31 斗彩“福寿双全”人物图盘 070
32 粉彩蝠桃纹匙 071
33 粉彩福寿纹如意耳尊 072
34 红釉描金缠枝宝相花福寿纹渣斗 074
35 青花福寿纹贯耳尊 076
36 粉彩描金福寿纹赏瓶 078
37 斗彩灵仙祝寿图盘 080
38 外黄釉内红釉粉彩 082
“福禄寿喜”葫芦纹盘
39 清康熙斗彩八宝纹撇口碗 084
40 青花五老图罐 086
41 粉彩松鹿纹瓶 088
42 粉彩宝相花纹花口盆 090
43 青玉灵芝纹香炉 094
44 青花云鹤八卦纹碗 096
45 内青花五彩双龙纹 098
外斗彩云鹤纹碗
46 青玉鹤衔桃、灵芝摆件 099
47 套五色玻璃鹤鹿同春图鼻烟壶 100
48 镂空鹤鹿同春铜香薰 102
49 “长命富贵 金玉满堂”花钱 103
50 “长命富贵 金玉满堂”花钱 104
51 “长命富贵 金玉满堂”花钱 105
52 蓝地缂丝五彩云金龙百寿字夹袍 110
53 明黄绸绣五彩云蝠 112
万寿金龙吉服袍面
54 明黄缂丝五彩“福寿” 114
金龙十二章吉服袍面
55 橘黄地缂丝灵仙 116
万寿柿蒂云龙襕袍料
56 绛色团寿纹织金纱女衫 117

57 绢绣花鸟人物纹四合如意云肩 118
58 藏蓝缎绣桃实纹云肩 120
59 红缎地绣花鸟云头寿字纹女鞋 121
60 红地缂丝五福捧寿云龙海水白象纹椅披 122
61 黄缎绣云寿缠枝花纹靠垫套 123
62 黄缎绣五彩云蝠团寿纹垫套 124
63 黄缎绣桃寿鹤衔暗八仙纹垫套 125
64 黄缎绣云蝠九桃暗八仙纹垫套 126
65 黄缎绣五彩云蝠团寿纹靠垫套 127
66 雪青地灵仙祝寿加金暗花缎经皮 128
67 绿地宝相花寿字织金缎经皮 129
68 绿地方棋寿字双层锦经皮 130
69 沉香地寿字潞绸经皮 131
70 酱色地方棋寿字双层锦经皮 132
71 木红地灵仙祝寿两色绸经皮 133
72 绿地花果寿字双层锦经皮 134
73 灰绿地万寿平安葫芦灯笼潞绸经皮 135
74 蓝地云鹤纹绸经皮 136
75 蓝绸地苏绣八仙祝寿图片 137
76 蓝缎地苏绣瑶台祝寿图片 138
77 蓝缎地苏绣福禄寿三星图片 139
78 蓝地缂丝加画海屋添筹图轴 140
79 米色绫地苏绣桃竹绶带鸟裱片 141
80 蓝色江绸地苏绣灵仙祝寿图裱片 142
81 明黄缎绣梧桐鹤竹挂片 143
82 米色江绸地苏绣松鹤图轴 144
83 米色缎绣松藤绶带鸟图片 146
84 青玉福寿纹扁方 150
85 铜包金“卍”字纹耳环（一对） 152
86 青白玉福寿双全坠 153
87 青白玉灵芝形坠 154
88 青玉瑞兽松鹤纹牌 155
89 白玉寿字佩 156
90 青白玉百寿字扳指 157
91 青白玉镂花寿字纹香囊 158
92 金线纳纱绣寿考字纹扇套 159
93 金线纳纱绣万寿纹扇套 160
94 黑缎绣寿字纹扇套 161
95 蓝缎绣团寿纹扇套 162
96 金线纳纱绣益寿延年扇套 163
97 浅蓝缎地贴绣桃实纹扇套 164
98 彩织条带寿字纹腰带 165
99 慈禧太后御笔“寿”字轴 168
100 慈禧太后御笔“颐寿”字轴 169
101 富贵耄耋图轴 170
102 南山献寿图卷 171
103 五老图轴 174
104 兰花图轴 176
105 溥儒行书七言联 177
106 山水轴 178
107 牡丹条 179
108 胡开文富贵图墨 182
109 汪乾章监制“八仙图”墨 184
110 曹素功南极老人墨 186
111 象牙微雕五老观图笔筒 187
112 八仙庆寿图竹笔筒 188
113 木雕福寿如意墨床 189
114 竹刻篆书寿字毛笔 190
115 白釉福寿包形水盂 191
116 青白玉寿星童子纹山子 192

前言

寿文化是中国传统文化的重要组成部分，凝聚了人们对生的礼赞和生命永续的向往。《尚书·洪范》曰："五福：一曰寿，二曰福，三曰康宁，四曰攸好德，五曰考终命。""寿"被放在首位，可见，中国古人对长寿十分重视，由此，也形成了丰富多彩的祝寿文化。

寿文化的产生、发展和演变，无疑经历了一个漫长的、不断积累的过程。在这个过程中始终伴随着人们在思想和行为上对生命的反思和追问，体现了人们对"寿"的追求，以及从无意到有意、到落于世俗世相的蜕变，并最终实现了仪式化、象征化、图像化的表达。

对"寿"的赞咏，图像化是仪式化之外的主要表现方式。这些以祝颂延寿、祈福纳祥为主题的祝寿图像，通常题材广泛，巧妙地运用神仙、植物、动物、文字、符号等，通过借喻、比拟、双关、谐音、象征等手法，表达人们对自然的敬畏以及生命长存的期盼。最终，这些寓意着吉祥的"符号"以不同形式的载体出现在人们生活的各个方面，在烘托喜庆气氛的同时也传递出人们对美好生活的向往，透过这一个个符号、纹饰、图案，一件件美好的物件，不厌其"繁"地彰显对寿的赞咏。在这之中，我们还可以看到中国人的生命意识、审美趣味、宗教情怀和民族性格。

一 吉寿列彰

在出生之日举办庆祝活动是中国传统的重要习俗，但庆寿对象必须是年龄达到五十或六十岁以上的长者。上至帝王将相、士夫鸿儒，下至市井细民、贩夫走卒，无不借此欢聚之际加以庆祝。尽管庆寿仪式的主要目的均为恭贺祝愿，但不同身份、性别和地位的人其祝寿的形式和意义仍千差万别：帝王庆寿，普天同庆，除了祈祝统治者寿龄无边之外，还有体现皇权威严以及保佑国运永昌、社稷长存之意；后妃庆寿，除祝颂年寿绵长无疆之外，还有尊老敬贤、以“孝”治天下之意；普通百姓家庆寿，庆寿仪式流程和场面虽各有千秋，但主要为晚辈向长辈表达尊敬，践行孝道，这是中国家庭美满幸福观念的重要体现。

在各类庆寿的仪式中，帝王之家的庆寿仪式，无疑最铺张盛大，最具代表性且规格是最高的。把帝王生辰定为一项节日始于唐玄宗，及至清代，各项制度趋于完善，庆寿活动更加丰富。帝王庆寿作为一项礼仪制度更加完善，既有皇帝的万寿节，也有皇太后的圣寿节等。

01

万寿庆典图

清代

冷枚等绘，绢本，设色

故宫博物院藏

此图卷记录了康熙皇帝六十大寿（一七一三年）时的盛大场面。
描绘了万寿节前一天，康熙帝从京城西郊畅春园回宫的情景，皇帝及诸妃乘步辇在庞大的仪仗队护卫下，经由西直门回皇宫。
长街通达，结彩张灯；百戏列陈，千乐共奏；龙棚、经棚逶迤相衔；王公大臣、耆老庶民夹道跪迎。场面隆重宏大，蔚为壮观。

02

胪欢荟景图

清代
佚名绘，绢本，设色，
故宫博物院藏

乾隆二十六年（一七六一年）崇庆皇太后七旬大庆，
所绘庆寿图为《胪欢荟景图》册，
分景点描绘了乾隆举行朝贺、庆寿、
筵席、游乐等活动的场面。
该图一册八开，其中第七开《香林千衲》，
表现了万寿寺前千名僧人恭迎皇太后，
为之祝寿延禧的场景。

03

崇庆皇太后八旬万寿图贴落

清代

姚文瀚画，绢本，设色

故宫博物院藏

皇帝的生日定为节日始于唐玄宗，最初称千秋节，天宝七载（748 年）改称天长节。唐肃宗则称其生日为天成地平节。而后，皇帝生日的名称屡有变易，或统称圣寿节、诞圣节、圣节、圣旦、圣诞，直到明代方始固定称天寿圣节或万寿圣节，简称为天寿节或万寿节。清代皇帝生日名称沿用明代，简称万寿节。唐宋两朝皇帝过生日的礼仪制度还不完善，通常在京官员着便服在便殿向皇帝行礼，祝贺较为随意，到明清皇帝庆寿，礼数就十分完备了。典礼当天的朝贺行礼必须在太和殿或太和门举行，王公百官必须穿朝服，行三跪九叩大礼，地方官员、在封国府邸的亲王也要遥祝。

宋代因出现皇太后临朝听政而将其诞辰列为圣节，明代皇太后生辰令节未有专名，统称皇太后圣节或皇太后圣诞、皇太后万寿圣节、皇太后万寿节等。清代皇太后万寿圣节被明确列入嘉礼之一。

明代皇太后过生日相对简单，直到清代皇太后的生日“万寿圣节”被明确列入嘉礼的范畴，过得就比较隆重了：皇帝先派官员祭祀太庙后殿，文武官员进表称贺，皇帝也要进贺表朝贺。皇太后生日当天，皇帝及王公大臣都要给太后行礼祝贺，等皇帝回宫后，皇后再率妃嫔与公主、福晋、命妇等向皇太后行礼。每逢皇太后整岁生日的大庆之年，还要加徽号、颁恩诏。

皇后生辰设为千秋节始于明朝，直至清代并无变化。明代皇后过生日比较简单，虽然自己应是受到朝贺的“寿星”，但不能把自己置于第一位，需要先去皇太后面前行礼，再去向皇帝行礼请示。

在古代，称寿是有一定标准的，即使百年过半也还不够。按《庄子》的说法，只有活到“花甲”之年——六十岁，才达到最低标准，故谓之“下寿”。逾过“古稀”之后十年，到了八十岁方可称为“中寿”。只有圆满达到人生极点的百岁，才称为“上寿”。六十岁称为“花甲”；七十岁称为“古稀”；八十岁称为“杖朝”；九十岁称为“眉寿”；一百岁称为“期颐”。八十、九十岁又可称为“耄耋”。

从六十岁生日开始，每十岁都要举办一次祝大寿的活动，过寿人被称为寿星。儿孙们要提前为寿星准备一身新装，俗称长寿衣。贺寿前一天晚上开始布置寿堂，将寿星的居室精心布置，堂屋要张灯结彩，焕然一新。

二 聚物续永年

中国人对寿的理想追求不仅体现在寿诞仪式的举办，还通过食用器皿、陈设摆件等生活用品来渲染祝寿气氛及传达祝福。最重要的是这些器物随后便走入了人们的日常生活，在生活中不断强化着人们对“寿”的祈望。

在生活器物上，寿文化的表现样式繁多，种类也极为丰富。就其祝寿图像题材的构成而言，包括神话故事、仙人、动物、植物及诸多意向化、抽象化的元素，从赋予生活用具以吉祥寓意上看，吉寿的寓意大大地拓展了器物的文化内涵，谐音、指代、象征等特有的表达方式，反映了中国传统的生活情趣，也形成了中国特有的审美思维模式。

例如，有以蝙蝠纹构成谐音的“五福捧寿”“多福多寿”“福禄寿”；有以仙鹤、绶带鸟、仙人、寿字表达“鹤鹿同春”“八仙庆寿”“福寿三多”“万寿无疆”等寓意；有以寿桃、石榴、牡丹、龟象征“富贵长寿”“多子多福”等。

04

粉彩群仙祝寿图盖碗

清代 道光

口径 10.4 厘米，底径 4.7 厘米，

高 8.1 厘米

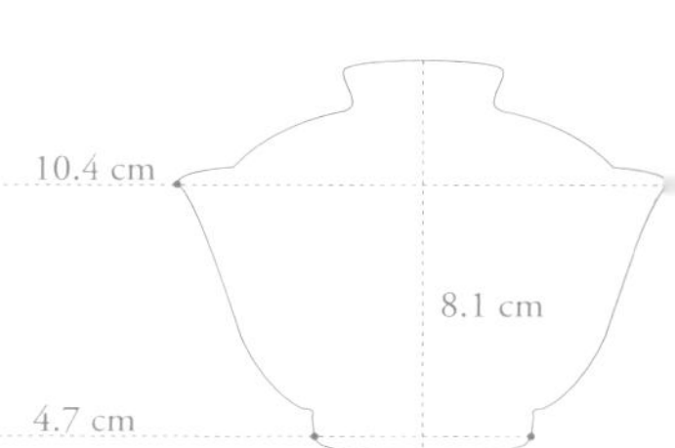

碗外壁和盖面绘粉彩群仙祝寿图。碗身绘寿星、东方朔和八仙。表达了祈盼长寿安康的美好愿望。盖钮和碗底中心皆书红彩『大清道光年制』六字三行篆书款。（李晔）

“群仙祝寿”，描绘的是西王母寿辰之日，在瑶池设蟠桃盛会，各路神仙前往瑶池赴宴，祝寿的场景。该题材通常有两种表现形式：一是由竹、桃、灵芝、水仙和寿石等组成图案；一是传说中的八仙、寿星等神仙人物共赴西王母寿宴的场景。

关于寿星，《尔雅·释天》说：“寿星，角亢也。”寿星位于各宿之首，角、亢是各宿之长，所以叫寿星，主长寿。另一说寿星即南极老人星，南极老人最初为掌国运兴衰、国命长短的神灵，后来才引申为掌握人寿命长短的神灵，成为人人崇拜的寿神。民间的寿星形象为手拄龙杖托仙桃，还多点缀有松、鹤、龟、桃、灵芝、葫芦等长寿吉祥物，突出长寿主题。

西王母，又称王母娘娘，她被当成长寿的吉祥神，主要在于她掌握着长生不死药。

东方朔，传说桃树长寿，在西王母寿诞时邀约众仙赴桃园举办盛会，东方朔三次偷吃了西王母三千年一熟的仙桃，于是“东方朔偷桃”成为祝寿常用的题材之一。

麻姑，美如天仙，作腾云驾雾飘然行走状，常双手托盘，盘中为长寿美酒和仙桃，民间常用“麻姑献寿”来祈祝延寿。此类图像经常应用于女性祝寿的庆寿场合中。

八仙：曹国舅、吕洞宾、何仙姑、铁拐李、汉钟离、蓝采和、张果老和韩湘子。

05

象牙微刻群仙祝寿牌

民国
直径 5.3 厘米，
厚 0.6 厘米

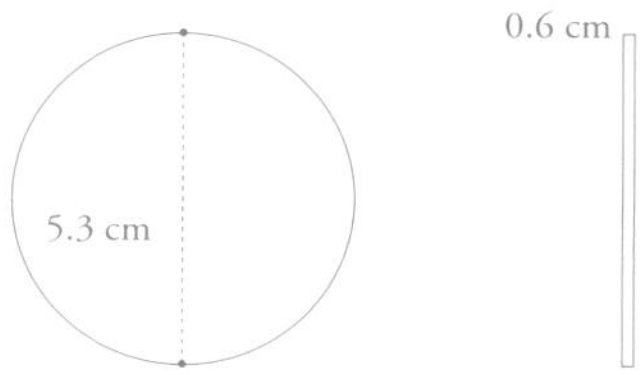

正面微刻八仙过海图，

远方岸上苍松遒劲，仙气缭绕，天宫御路隐现。

牌上部刻『群仙祝寿』四字，

落款『张老伯母沈太夫人八秩荣庆　丁卯春初侄于硕制祝』。

（胡桂梅）

06

青花五彩八仙祝寿人物图花觚

清代 顺治

口径 16.4 厘米，底径 13.5 厘米，

高 41.5 厘米

觚上部绘八仙祝寿图，中部绘石榴、桃等折枝瑞果纹，寓意吉祥。（杨俊艳）

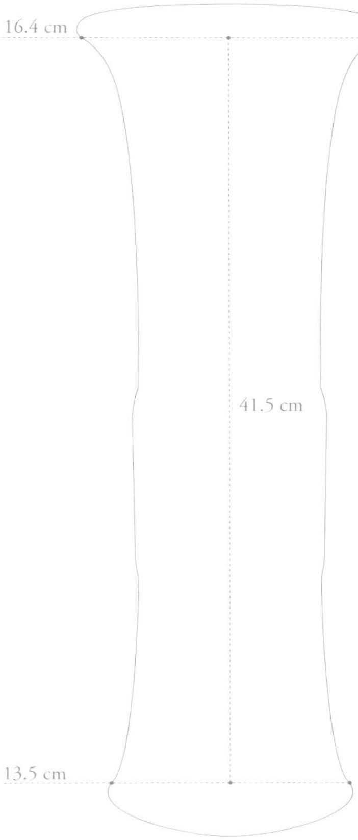

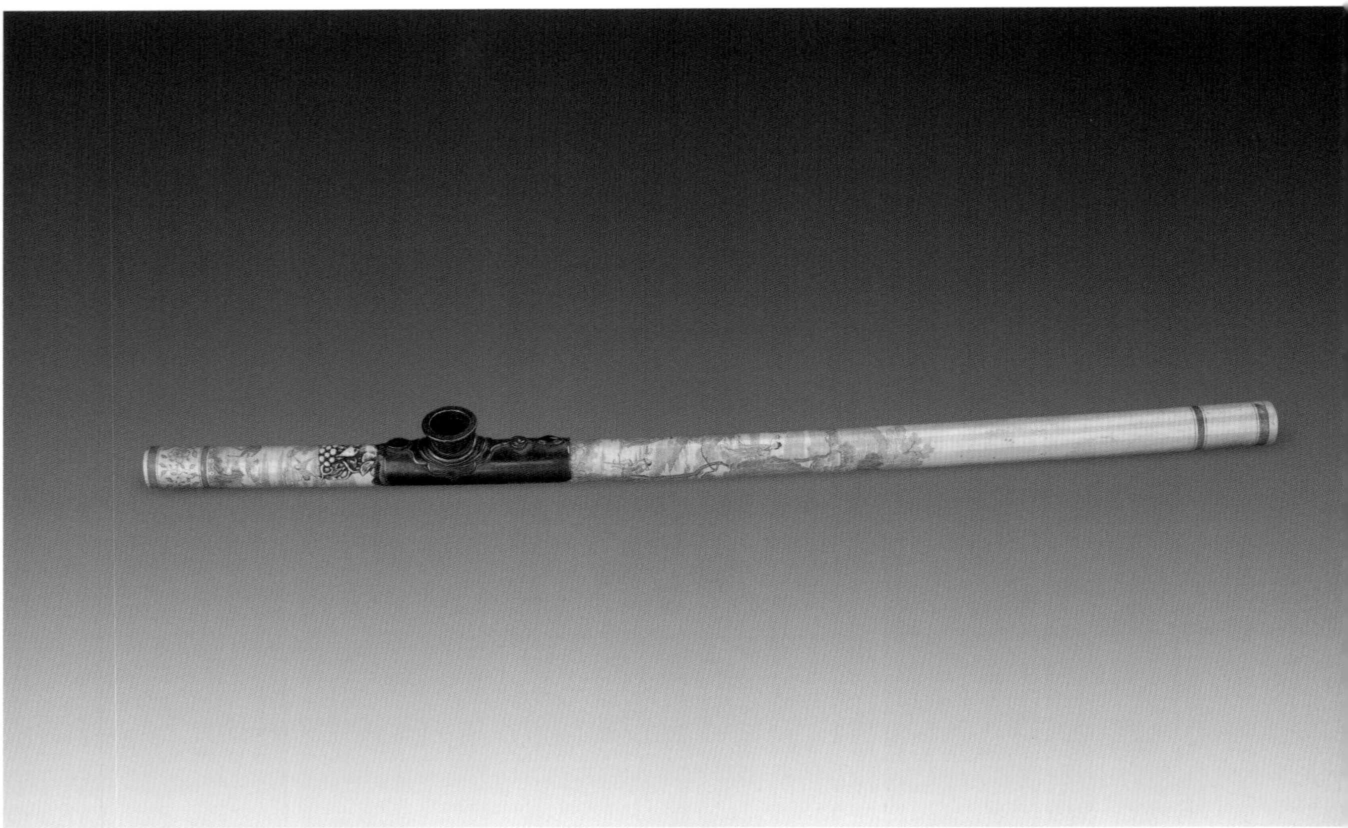

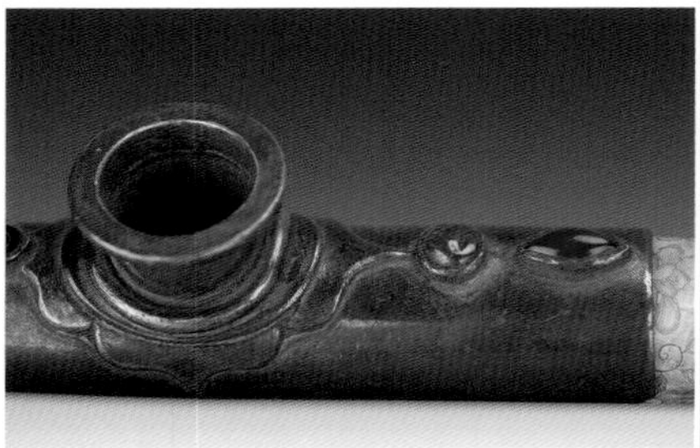

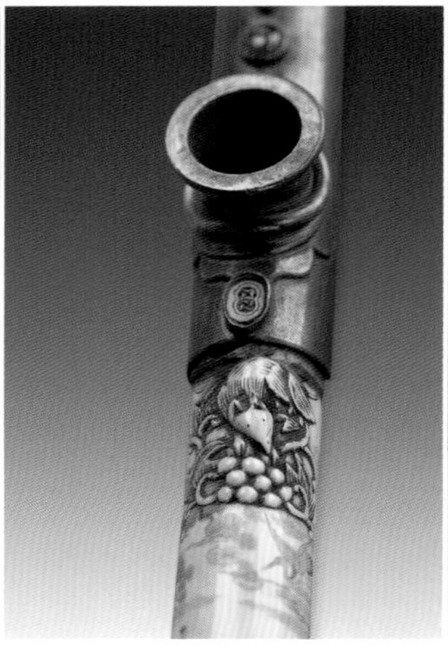

07

象牙微刻八仙图烟枪

清代

长 52 厘米，

直径 2.1 厘米

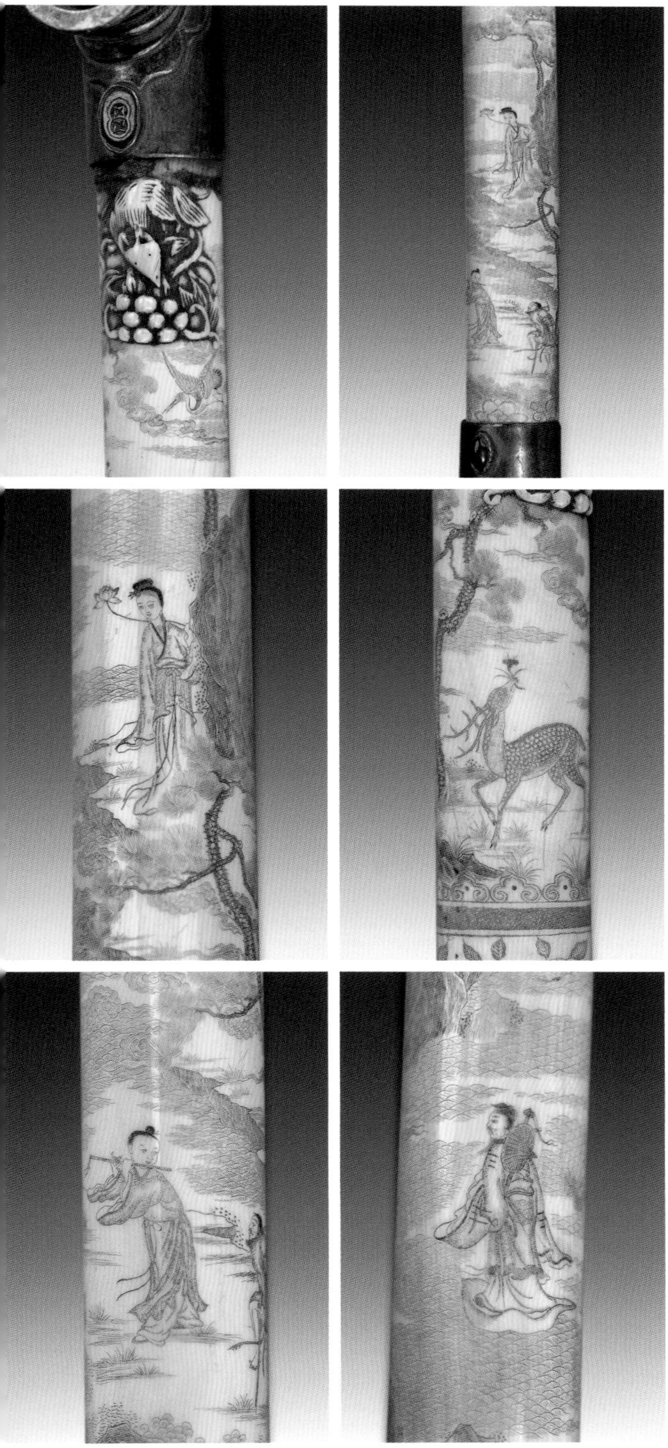

烟杆刻八仙过海图。

烟杆顶端下刻松、鹿、鹤、山石、灵芝等祥瑞纹饰。四分之一处浮雕松鼠葡萄纹。

（胡桂梅）

08

八仙人物图象牙刻件

清代

长 2.4 厘米，宽 1 厘米，

高 4.8 厘米

每件顶部镂雕如意云头，正面分别浅刻八仙图，背面刻罗汉图。侧边分别刻梅、竹图案。

（胡桂梅）

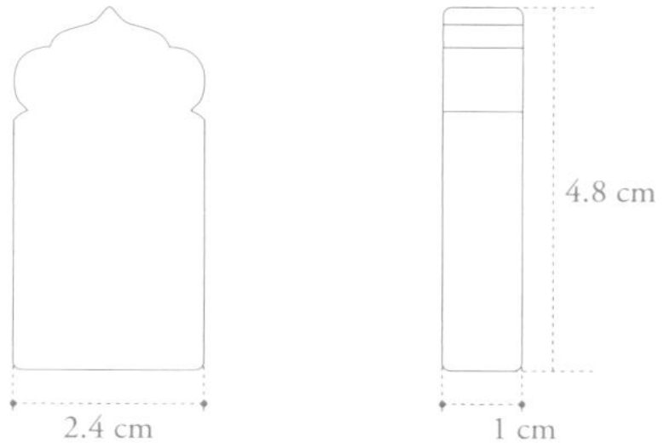

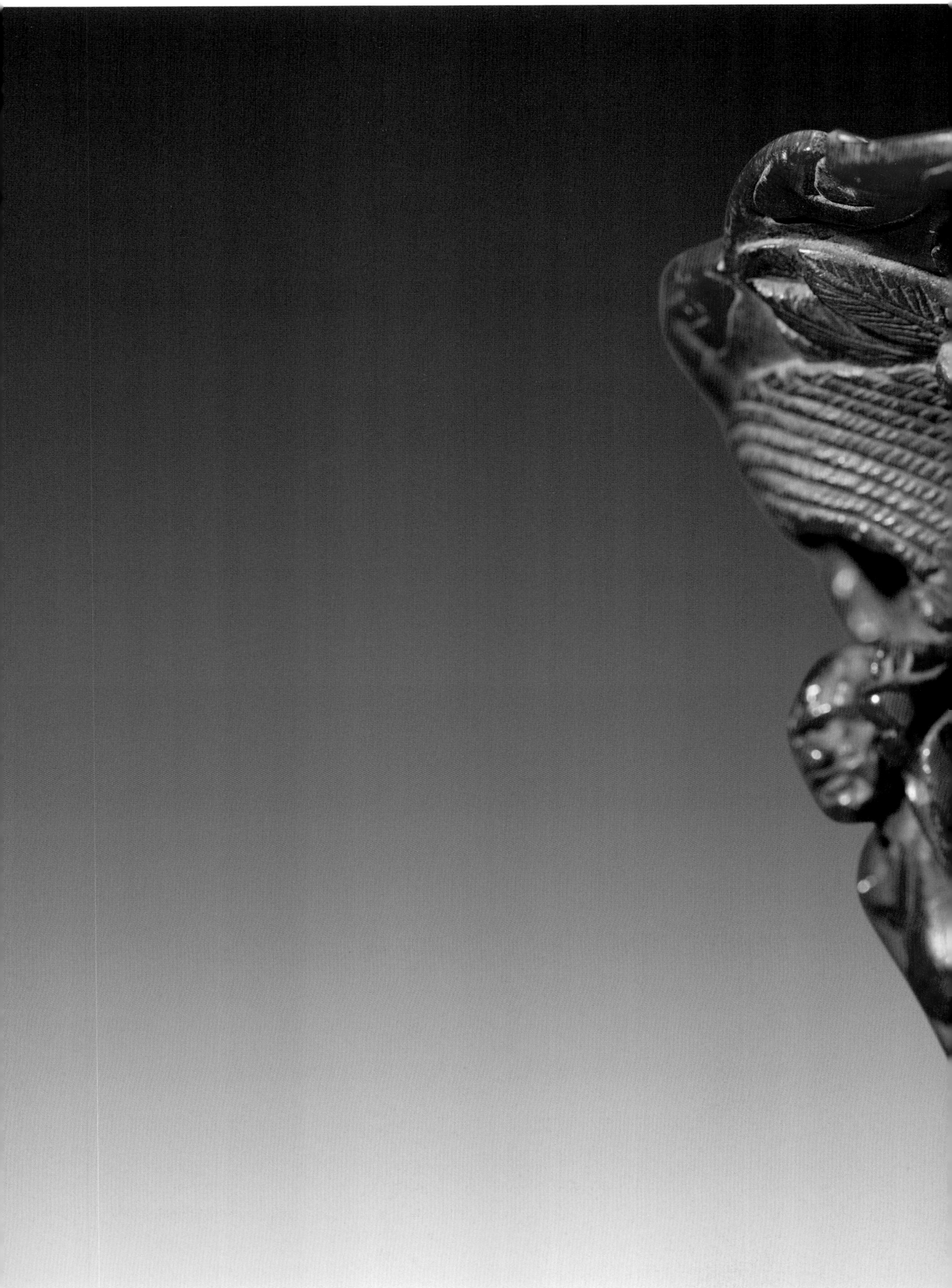

09

犀角雕八仙庆寿图杯

明代
长 15.7 厘米，宽 10 厘米，
底径 5 厘米，高 9.2 厘米

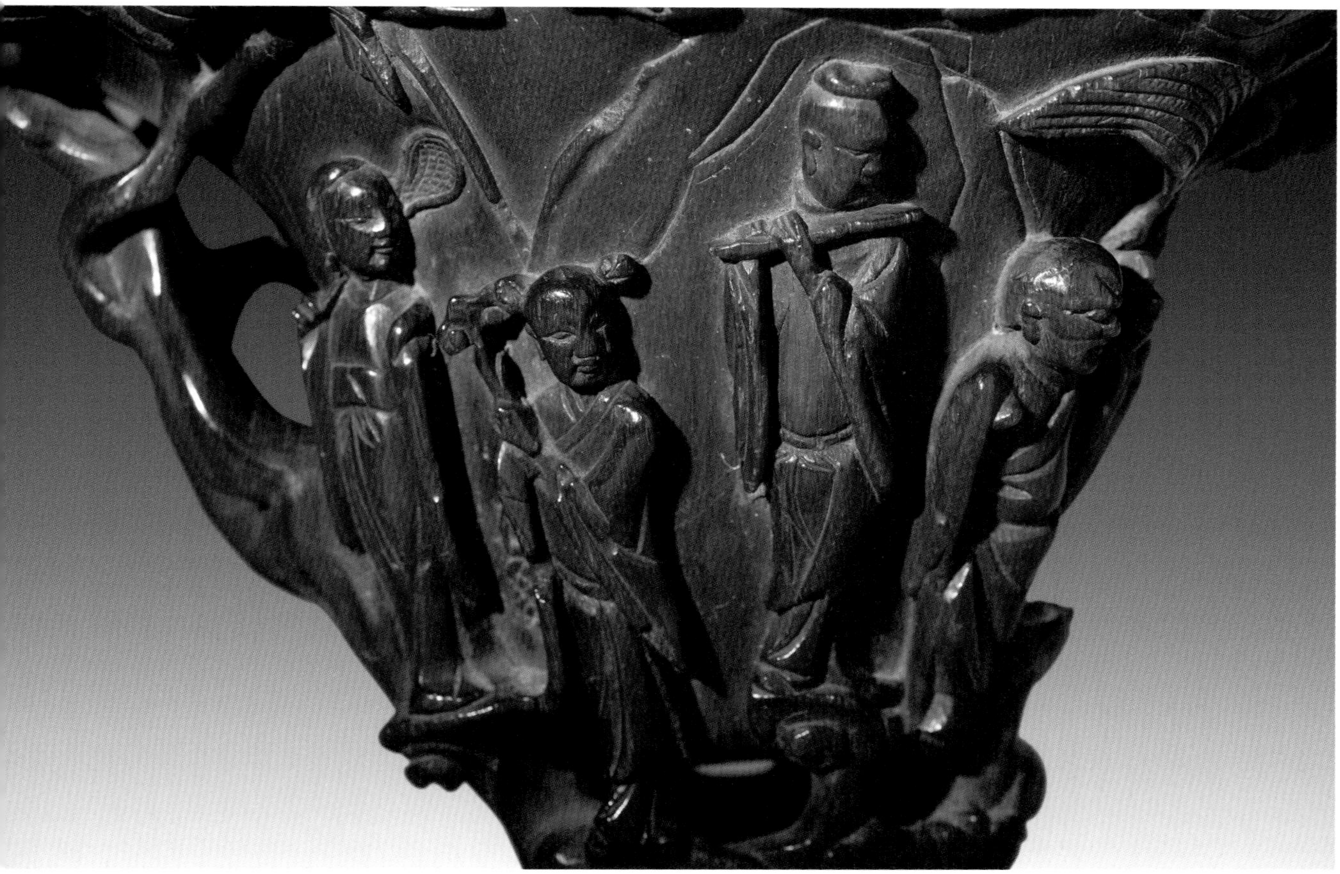

杯身雕绘八仙祝寿图。外壁一侧镂雕两株仙桃树，另一侧雕寿星乘鹤。（胡桂梅）

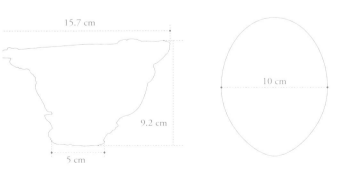

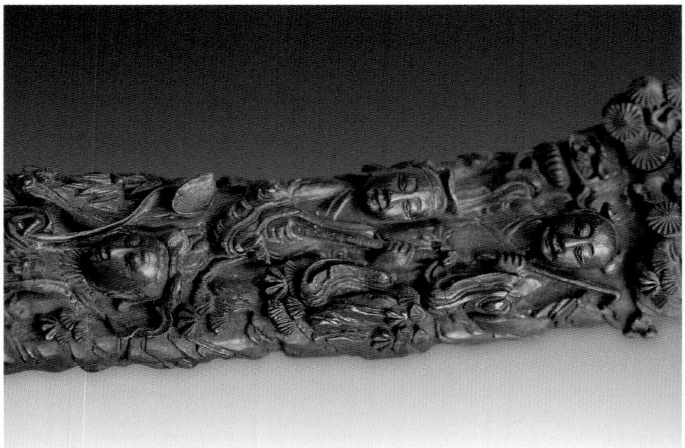

10

沉香木雕八仙如意

清代

通长 51 厘米；

如意头：长 15 厘米，宽 14 厘米

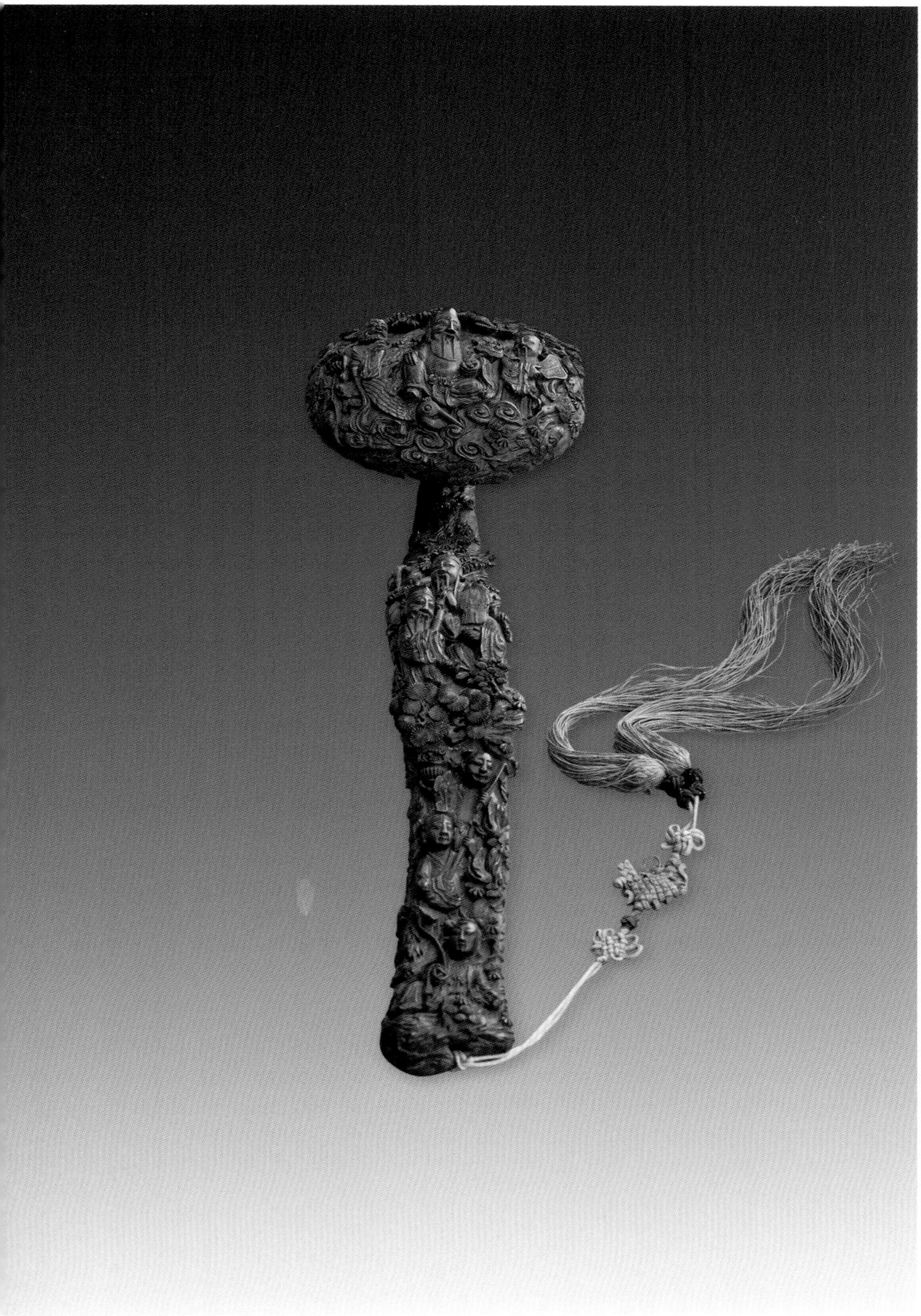

如意周身雕刻八仙庆寿图。周围以松柏、寿石、祥云等衬景。（胡桂梅）

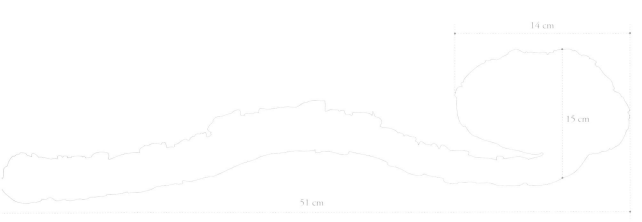

11

斗彩蝠海纹碟

清代 雍正
口径 10.2 厘米，底径 6.4 厘米，
高 2.3 厘米

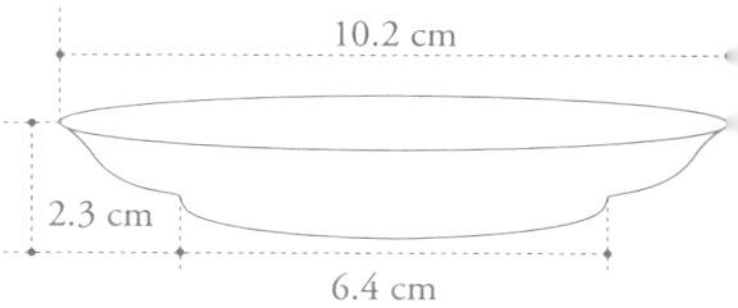

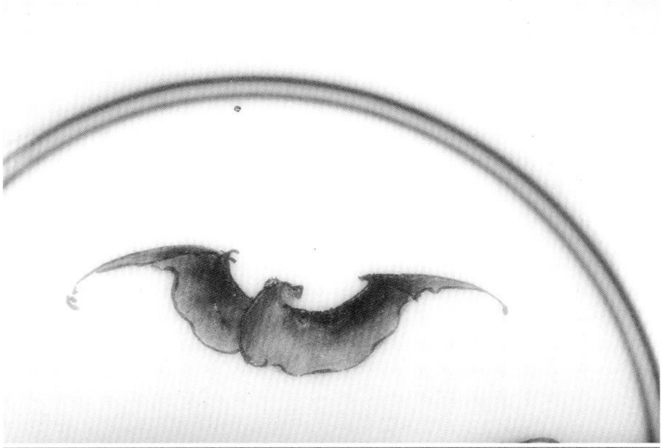

盘内底绘三只红色蝙蝠，
外壁绘海水江崖和蝙蝠纹，
寓意『寿山福海』。
外底中心书青花『大清雍正年制』
六字双行双圈楷书竖款。
（杨俊艳）

民间常绘以蝙蝠围绕海中山崖飞翔的场景，即“寿山福海”，比喻寿高如山，福深似海。该场景中的海水山崖是寿石，石端常有灵芝，取寿山福海之意。

在祝寿图像中，因“蝠”与“福”谐音，故与蝙蝠相关的形象也多是与“福”的寓意相关。如，仙桃与蝙蝠，寓意多福多寿；五只蝙蝠围绕一个寿字，寓意五福捧寿；蝙蝠、桃子和如意，寓意福寿如意；蝙蝠、桃子、松树、鹤，寓意福寿延年；蝙蝠与常青藤组合，寓意福寿绵长等。

12

斗彩海屋添筹图碟

清代 乾隆
口径 7.2 厘米，底径 5 厘米，
高 2 厘米

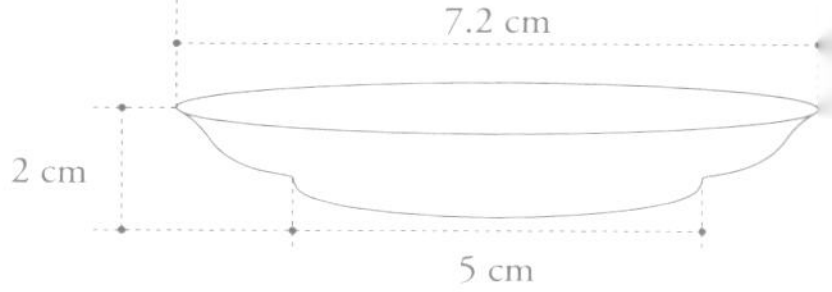

碟口沿内饰一周如意云头纹，内底绘主体纹饰『海屋添筹』，寓意『添寿』。底书青花『大清乾隆年制』六字三行篆书款。碟外壁线描缠枝宝相花和蝙蝠，红彩填蝠，寓意『洪福』。（李晔）

“海屋添筹”语出宋代苏轼的《东坡志林》卷二，“尝有三老人相遇，或问之年……一人曰：‘海水变桑田时，吾辄下一筹，迩来吾筹已满十间屋。’”后由此典故又衍生出另一版本，称海中有一楼，内贮世间每人寿数，用筹插在瓶中，如令仙鹤衔一筹入瓶中，即可多活百年。海屋添筹遂成为祝颂长寿的常用题材，常应用于工艺品装饰。

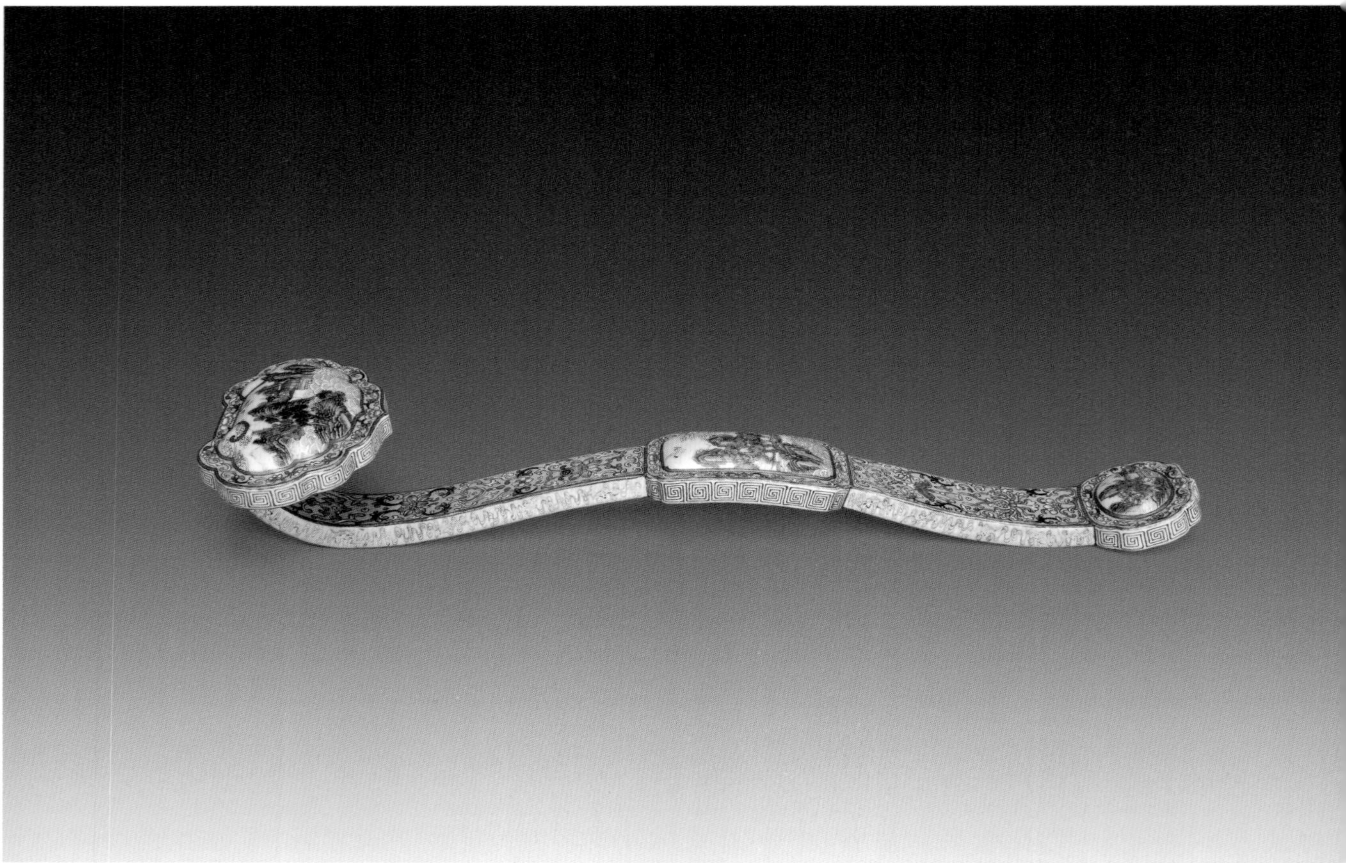

13

粉彩开光海屋添筹图如意

清代 道光

长 44.5 厘米

开光内绘粉彩『海屋添筹』图。

开光外绘绿地粉彩蝠、磬、花卉纹。

如意背面绘以蓝彩回纹与粉彩云蝠图案。

充满了『吉庆福寿』『福寿如意』的吉祥气氛。

（杨俊艳）

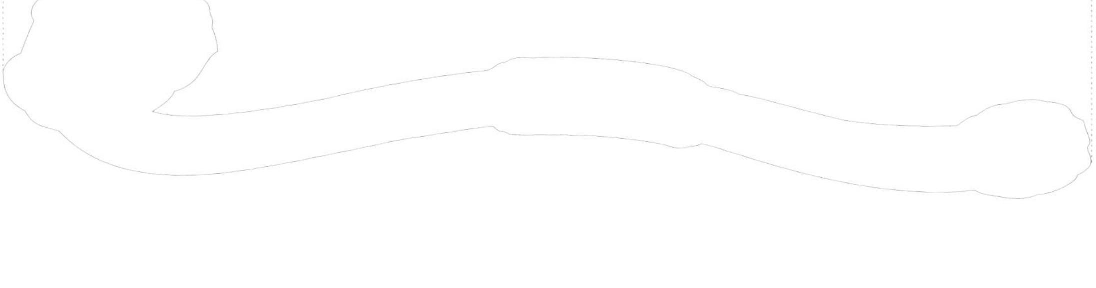

14

红彩寿字花口盘

清代 道光

口径 18.6 厘米，底径 12.4 厘米，

高 3.2 厘米

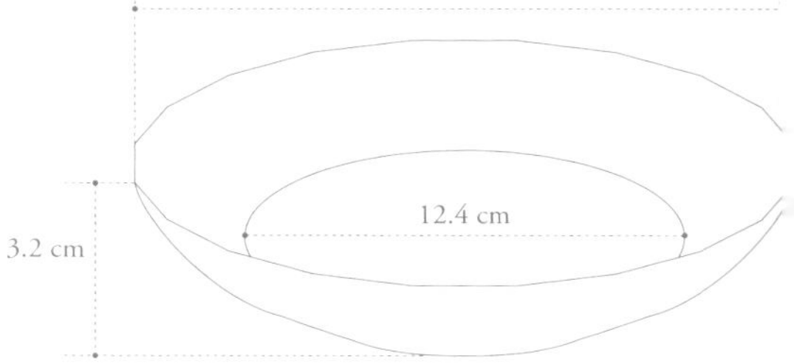

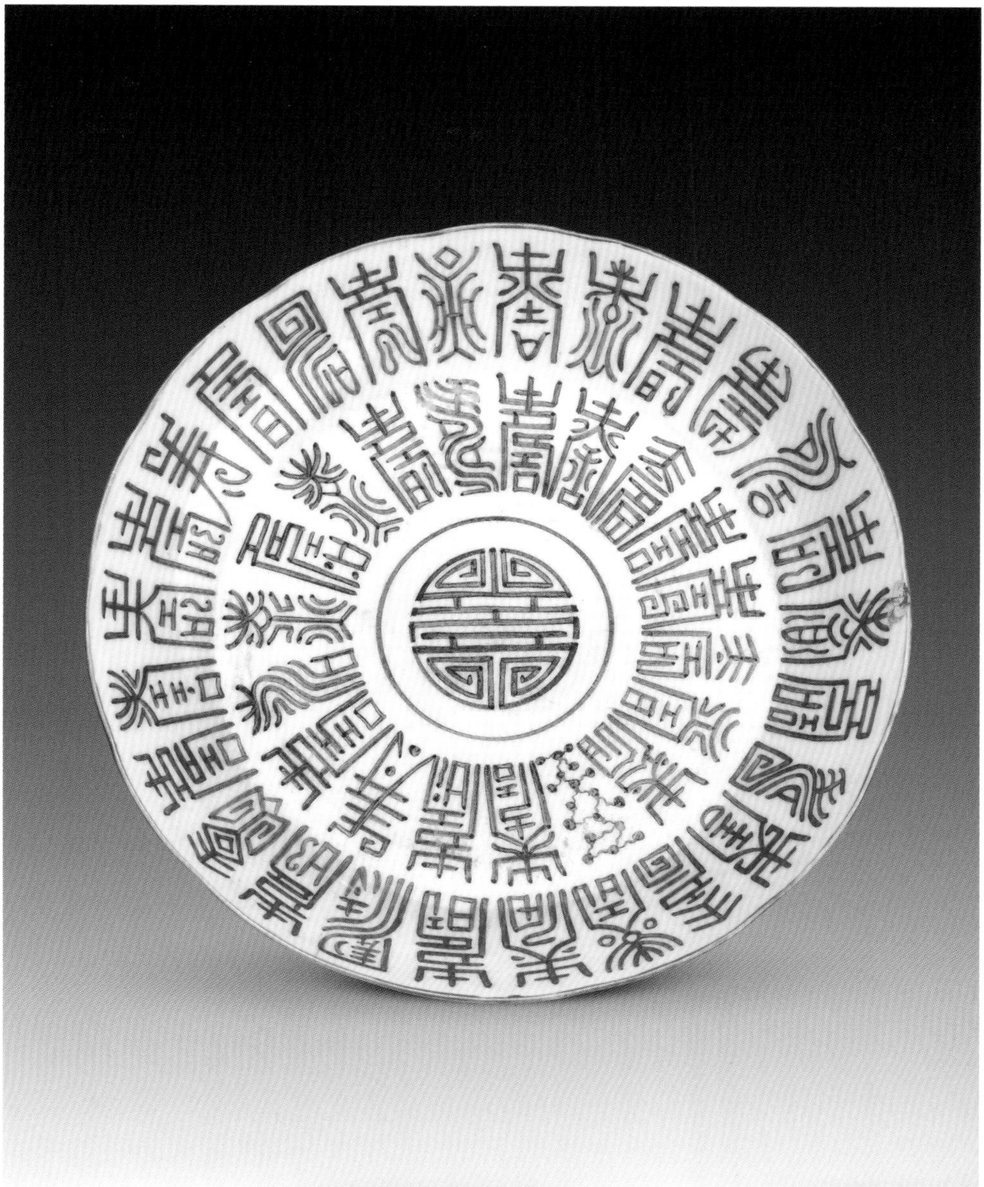

盘内底中心饰一红彩篆书团寿字，外围依次饰两圈红彩篆书长寿字。外壁以红彩绘蝙蝠纹，寓意福寿双全。外底中心书红彩『大清道光年制』六字三行篆书款。

（杨俊艳）

“寿”字作为美好意愿的表达，包含着深层的文化意蕴。单体的“寿”字已经成为一个图案化的吉祥符号，将“寿”字书写成不同形态都会衍生出不同的寓意。比如，长寿纹，是将“寿”字拉长，有绵延长久之意；团寿纹，是将“寿”字书写成圆形，有“团寿”“圆寿”之意，寓意团团圆圆，长长久久；花寿纹，是以寿字的外形作为主要元素，在画面中搭配各种具有吉祥寓意的人物、花卉等组合而成的图形，较为常见的花寿纹多以八仙人物、牡丹、松柏等题材为主。

15

斗彩寿字桃纹盘

清代 雍正

口径 14.5 厘米，底径 8.9 厘米，

高 3.1 厘米

盘心绘一株桃树，以变体红彩寿字作为枝干，树下绘洞石、灵芝；外壁绘三组变体寿字桃实纹，间以三组青花灵芝纹，图案寓意『灵仙祝寿』。外底中心书青花『大清雍正年制』六字双行双圈楷书竖款。

（杨俊艳）

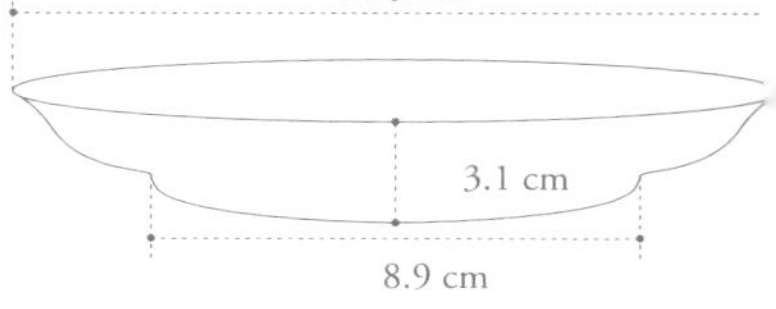

灵芝被视为能够使人延年益寿、长生不老的“仙药”，与洞石、寿字等吉祥纹饰组合取其谐音“灵仙祝寿”，来表达对被祝贺者的美好祝愿。

16

斗彩寿字纹盘

清代　道光

口径 20.8 厘米，底径 13.3 厘米，

高 5.1 厘米

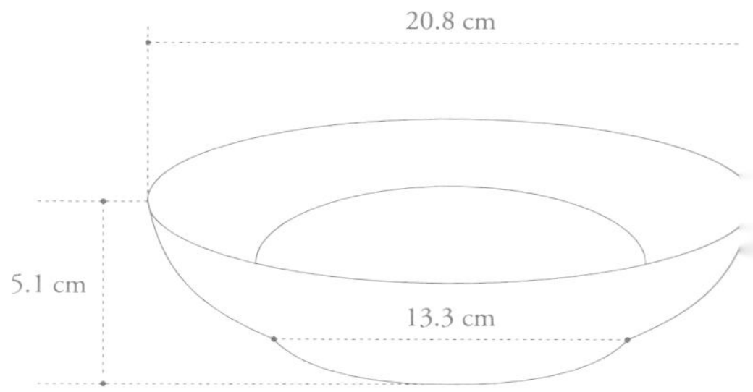

盘心饰一篆书团寿字，团寿线条接连不断，寓意生命绵长；外围以八个长方形篆书『寿』字，谐音长寿。外壁饰八个高度图案化的由缠枝纹样组成的变体『寿』字图案。外底中心书青花『大清道光年制』六字三行篆书款。

（杨俊艳）

17

青花云鹤团寿纹盘

清代 康熙

口径16.9厘米，底径10.6厘米，

高 3.7 厘米

盘内底饰一青花篆书大团寿字，口沿饰一周篆书小团寿字。外壁绘飞鹤间以飘带式祥云，缠连不断，寓意长寿无疆。外底中心书青花『大清康熙年制』六字三行双圈楷书横款。

（杨俊艳）

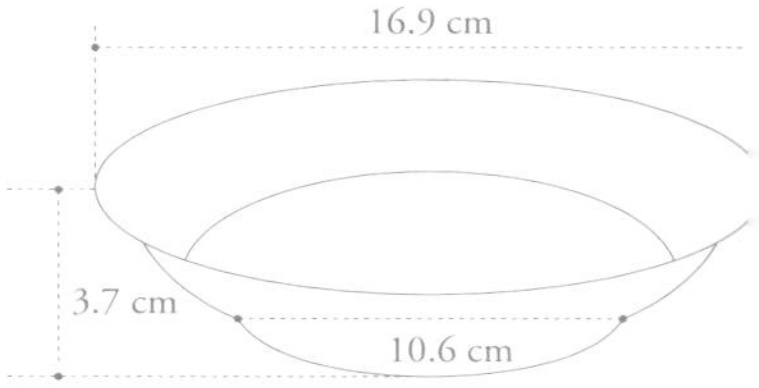

大清
康熙
年製

18

青花百寿图瓶

清代 康熙

口径 6 厘米，底径 6.1 厘米，

高 24.4 厘米

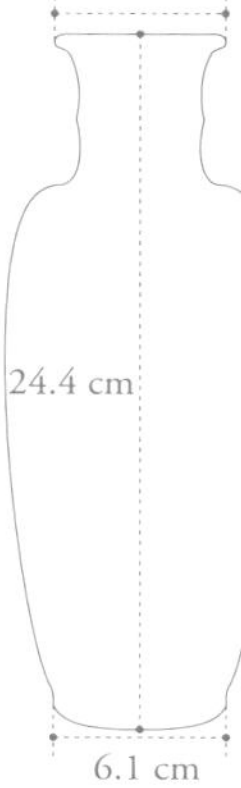

腹部饰青花『寿』字图案。一面为众多小寿字与桃枝组成的蟠桃百寿图，另一面是由各式篆书『寿』字组合的百寿图。空白处落『天水斋制盘桃百寿图敬贺清玩』等款。（杨俊艳）

百寿图，是指用楷、隶、篆等各种书体写出一百个“寿”字，经过不同形体“寿”字的组合，形成象征长寿的组合图像。

腹部塑刻描金篆体『寿』字，共一百个。底部中心戳印『大清乾隆年制』六字三行篆书款。

（杨俊艳）

19

蓝釉描金百寿象耳大瓶

清代 乾隆

口径 17.5 厘米，底径 17.8 厘米，

高 47.5 厘米

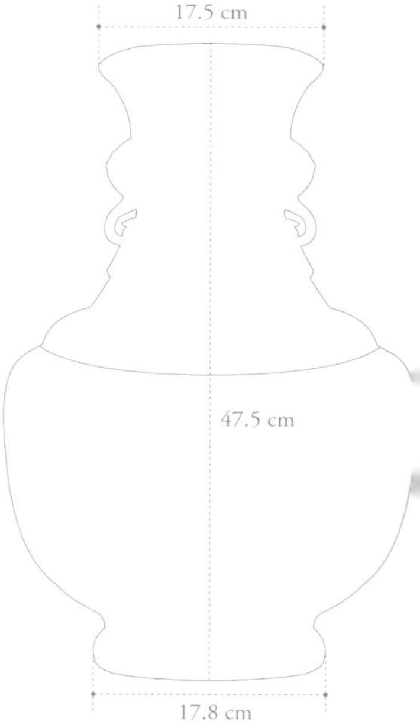

20

粉彩过枝八桃纹盘

清代 雍正

口径 20.8 厘米，底径 13.2 厘米，

高 3.9 厘米

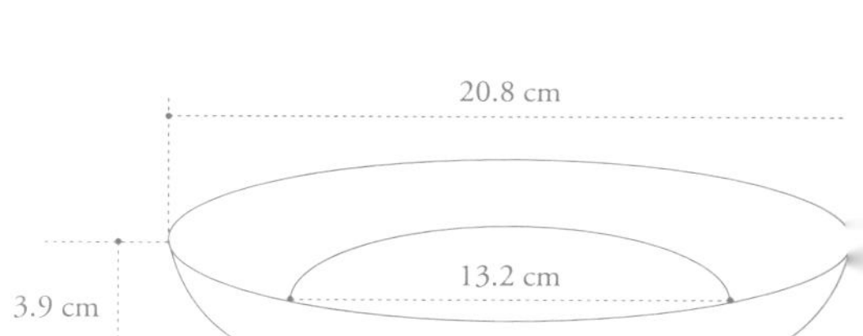

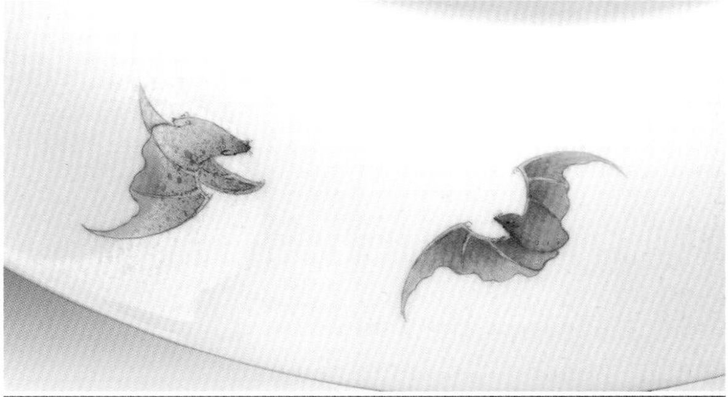

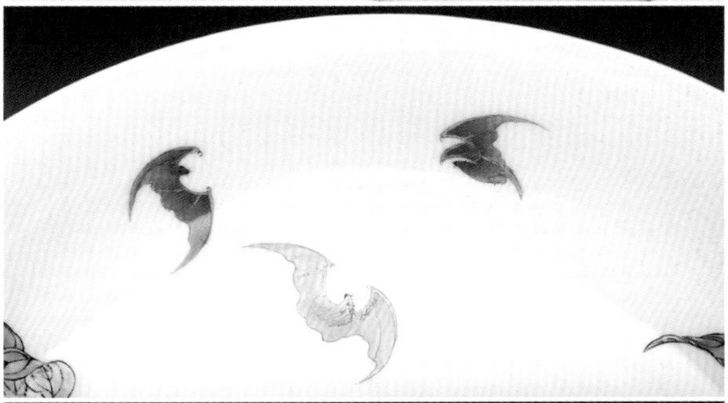

盘外壁以粉彩绘两株桃树，
盘心枝头缀五颗硕果，
空中三只红色的蝙蝠翩翩起舞。
因桃代表『寿』，蝙蝠的蝠谐音『福』，
图案寓意福寿双全。
外底中心书青花『大清雍正年制』
六字双行双方栏楷书竖款。
（杨俊艳）

在祝寿文化中，因桃代表仙桃，象征长生不老，故桃是与“寿文化”主题神话传说联系较多的元素之一，如蟠桃盛会、东方朔偷桃、瑶池集庆等。除此之外，桃还有“多子多孙”之意。仙桃和蝙蝠在一起寓意多福多寿。

21

粉彩寿桃纹碗

清代 光绪
口径 20.9 厘米，
底径 8.3 厘米，高 9.2 厘米

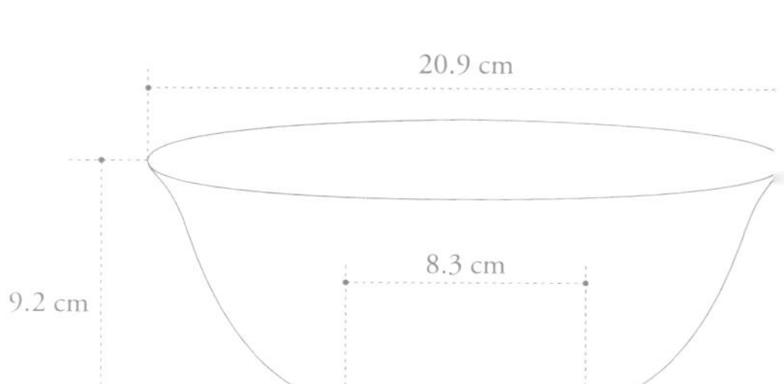

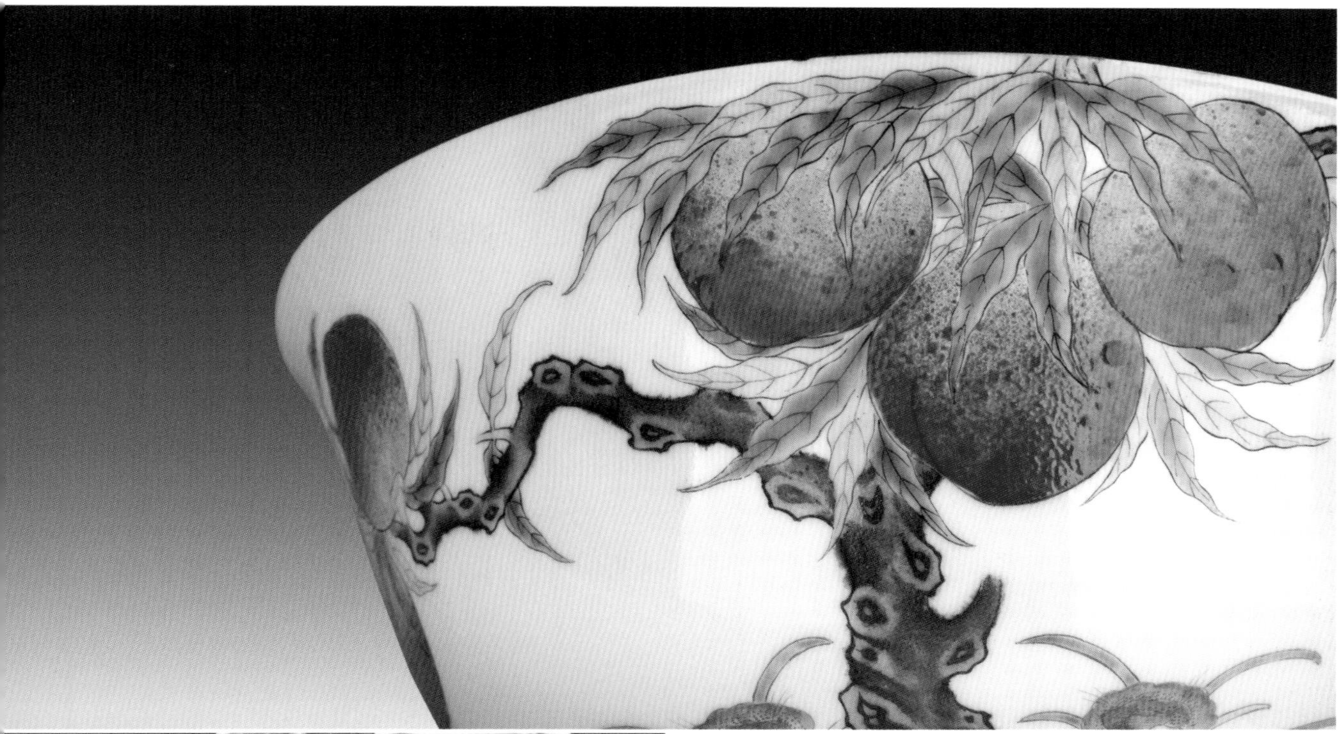

碗外壁绘寿桃纹，寓意长寿；
另绘有灵芝仙草；
整体寓意灵仙祝寿。
外底中心书红彩『大清光绪年制』
六字双行楷书竖款。
（李晔）

22

黄地粉彩五福捧寿纹杯

清代 同治

口径 8.9 厘米，底径 3.9 厘米，

高 5.6 厘米

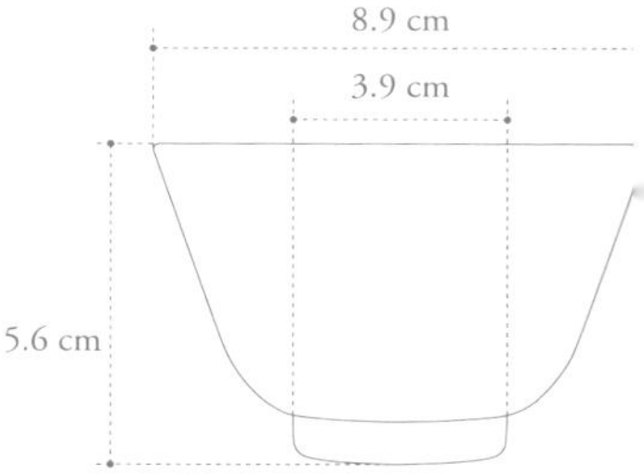

外壁绘『五福捧寿』图案三组。『福寿』之间，饰以桃实和『卍』字飘带纹，寓意『万寿』。外底书红彩『同治年制』四字双行楷书竖款。（李晔）

23

粉彩五福捧寿纹盘

清代 光绪

口径 18.8 厘米，底径 11 厘米，

高 3.8 厘米

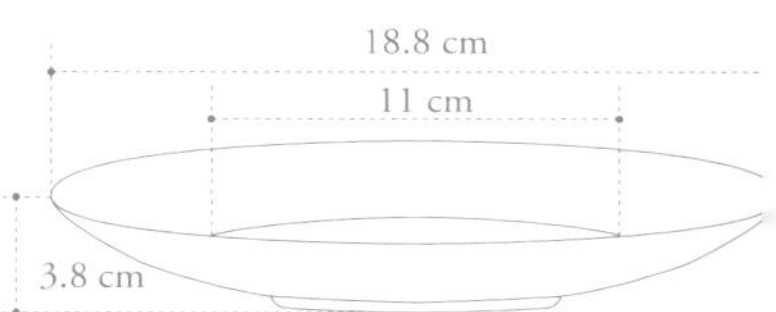

盘心饰五福捧寿纹，内壁绘粉彩桃枝纹四组，外壁绘粉彩花卉纹三组。外底中心书青花『大清光绪年制』六字双行楷书竖款。

（李晔）

24

斗彩暗八仙纹折腰盘

清代 道光

口径 20 厘米，底径 10.7 厘米，

高 5.5 厘米

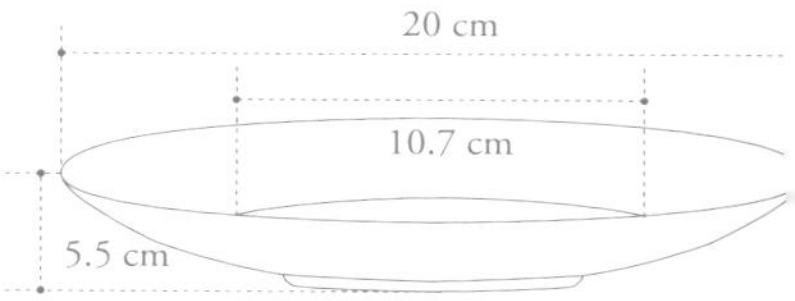

盘内底绘月华锦纹，外围以寿桃和花卉纹。内壁绘道教图案暗八仙纹。外底中书青花『大清道光年制』六字三行篆书款。（杨俊艳）

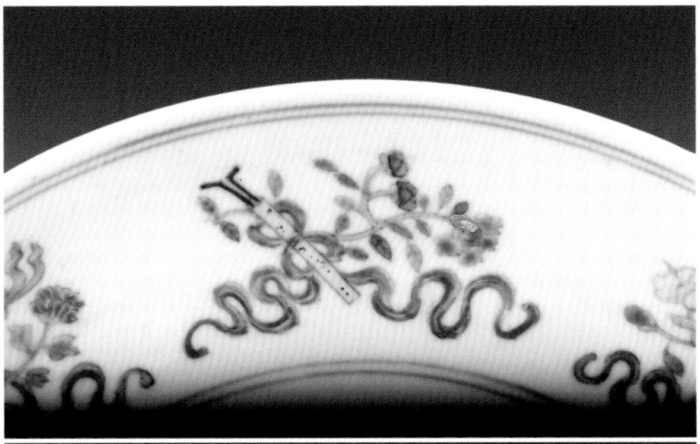

暗八仙：因图中只出现八仙所执的法器，不画仙人，故称“暗八仙”。八仙的每一种法器都有一定的含义：张果老的渔鼓，能占卜人生；吕洞宾的宝剑，可镇邪驱魔；韩湘子的笛子，使万物滋生；何仙姑的笊篱，能修身养性；铁拐李的葫芦，可救济众生；汉钟离的扇子，能起死回生；曹国舅的玉板，可净化环境；蓝采和的花篮，能广通神明。

25

粉彩暗八仙纹碗

清代 道光

口径 14.3 厘米，底径 5.4 厘米，

高 6 厘米

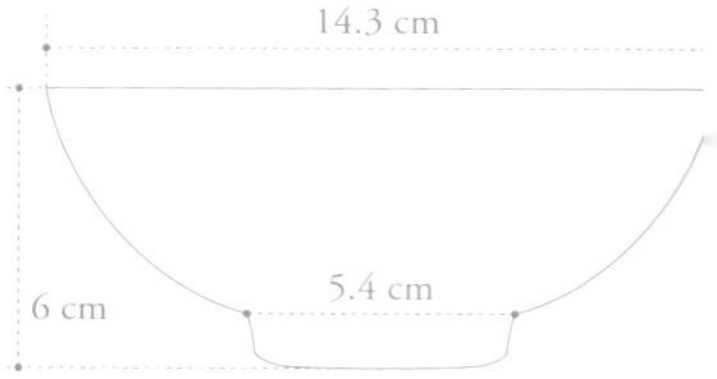

外壁绘粉彩暗八仙图案及花卉纹。暗八仙纹依逆时针方向排列，分别为：葫芦、玉板、花篮、笛子、笊篱、扇子、渔鼓、宝剑。外底中心书红彩『大清道光年制』六字三行篆书款。

（杨俊艳）

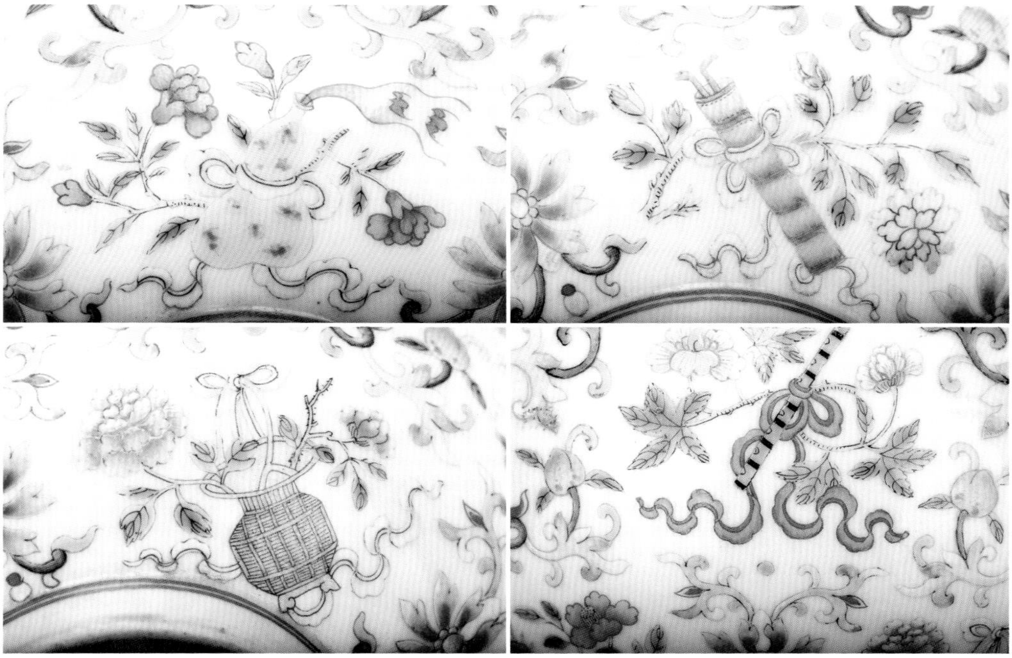

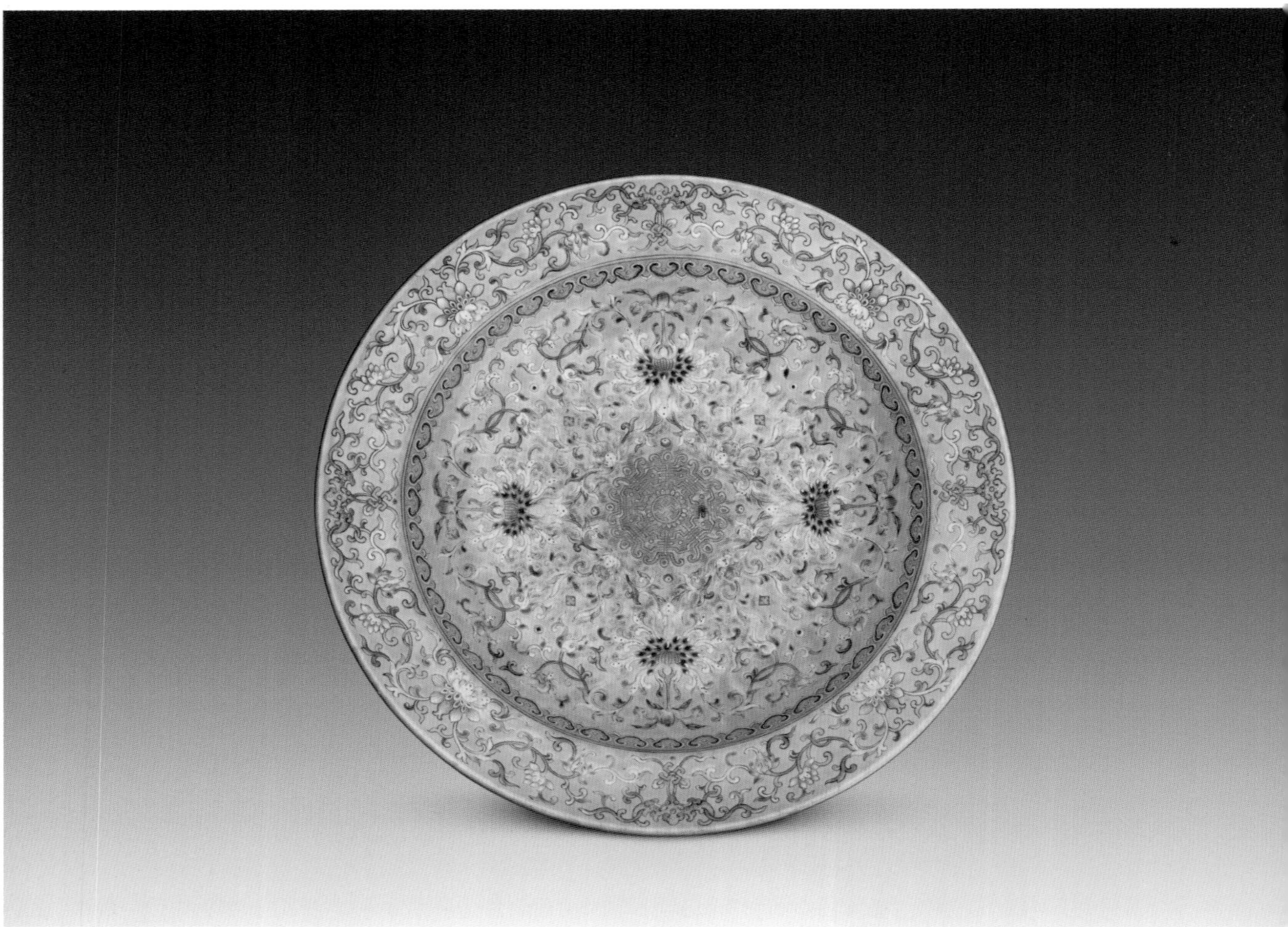

26

绿地粉彩万福花卉纹折沿盘

清代 道光

口径 25.5 厘米，底径 12.5 厘米，

高 5.2 厘米

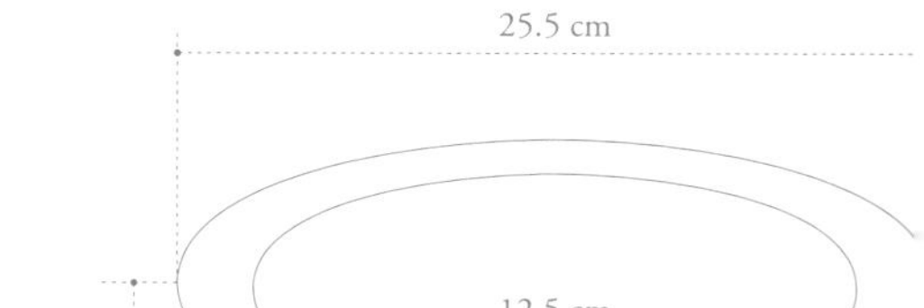

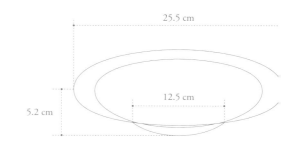

盘沿上绘寓意万福的蝠衔『卍』字纹样和宝相花纹。

盘心中央双勾描金填色『卍』字、团寿图案，寓意『万福』。

外底中心书红彩『大清道光年制』六字三行篆书款。

（杨俊艳）

“卍”字纹作为一种图形符号，寓意生生不息、子孙绵延、福寿安康。经常与其他象征吉祥的图案结合一起使用。如：与寿字结合，象征万寿无疆。

27

黄地粉彩万寿无疆纹碗

清代 道光

口径 14.2 厘米，底径 5.4 厘米，

高 6.3 厘米

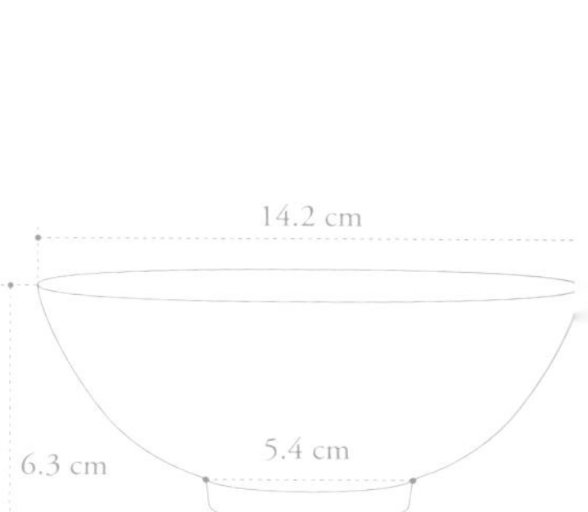

外壁开光内篆书『万』『寿』『无』『疆』四字。
开光外绘粉彩宝相花纹、寿桃纹及描金『卍』字符号，
寓意『万福』『万寿』。
外底中心书红彩『大清道光年制』
六字三行篆书款。
（杨俊艳）

28

铜胎画珐琅花卉蝙蝠纹碗

清代 乾隆
口径 12.7 厘米，
高 5.5 厘米

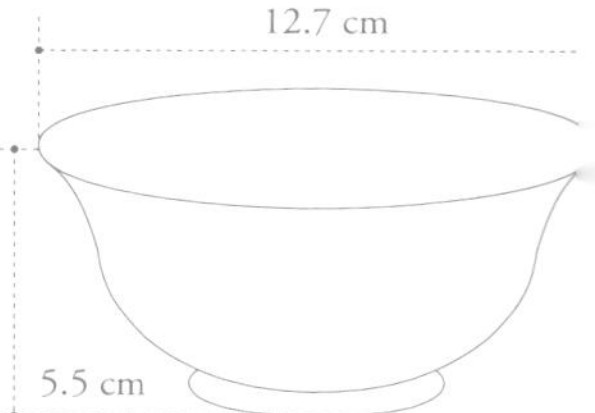

碗外壁彩绘折枝花卉、佛手及蝙蝠纹，寓意富贵吉祥。底中部书蓝色『大清乾隆年制』六字篆书款。（胡桂梅）

29

黄地粉彩福寿纹碗

清代 光绪

口径 16.9 厘米，底径 6.7 厘米，

高 7.8 厘米

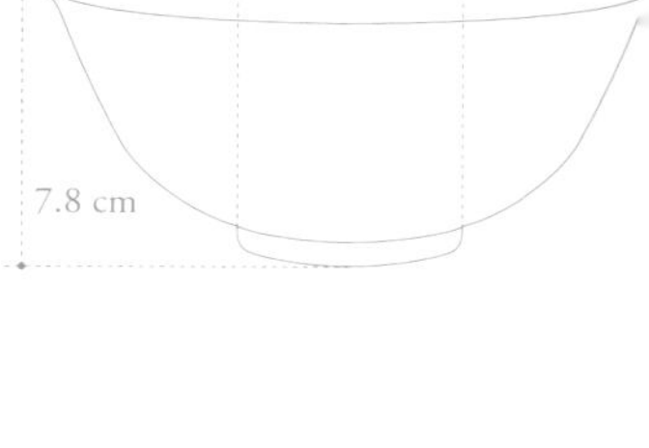

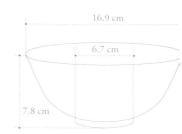

主体图案五组，为团寿、蝙蝠、如意的组合，寓意五福捧寿、万寿如意。主体纹饰之外绘桃实纹，也是寓意长寿。底书红彩『大清光绪年制』六字双行楷书竖款。（李晔）

30

黄地粉彩福寿纹盘

清代 光绪
口径 14.4 厘米，底径 8.3 厘米，
高 3.4 厘米

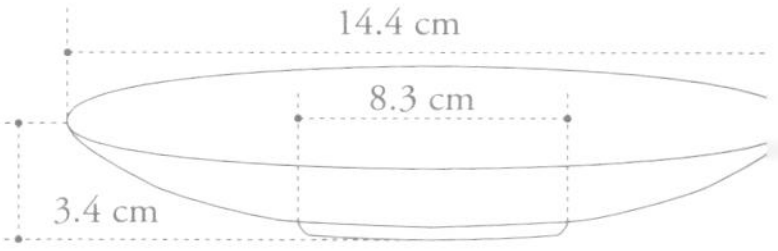

盘内上饰描金团寿、红彩描金蝙蝠纹及蓝彩『卍』字符号，寓意『万福万寿』。外底中心书红彩『大清光绪年制』六字双行楷书竖款。

（杨俊艳）

大清光
緒年製

盘内底彩绘寿星，择持如意，有梅花鹿和书童夹卷轴相伴。

盘内壁书写篆体『寿』字两圈，外壁书青花篆体『寿』字一圈。

外底中心书青花『福寿双全』，点明『长寿』主题。

（杨俊艳）

31

斗彩“福寿双全”人物图盘

清代 康熙

口径 16.1 厘米，底径 10.5 厘米，

高 3.9 厘米

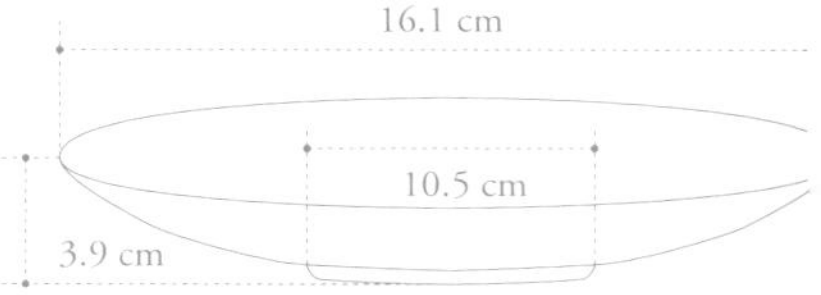

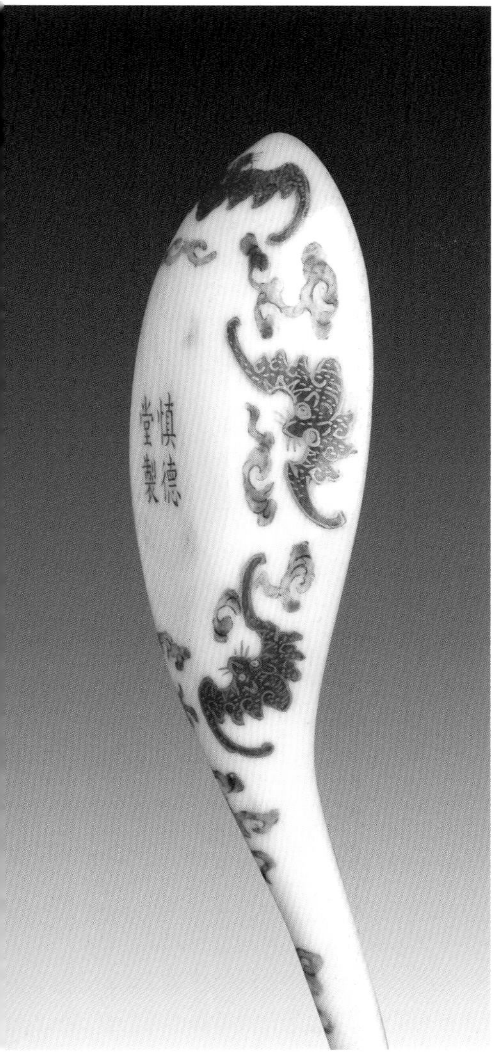

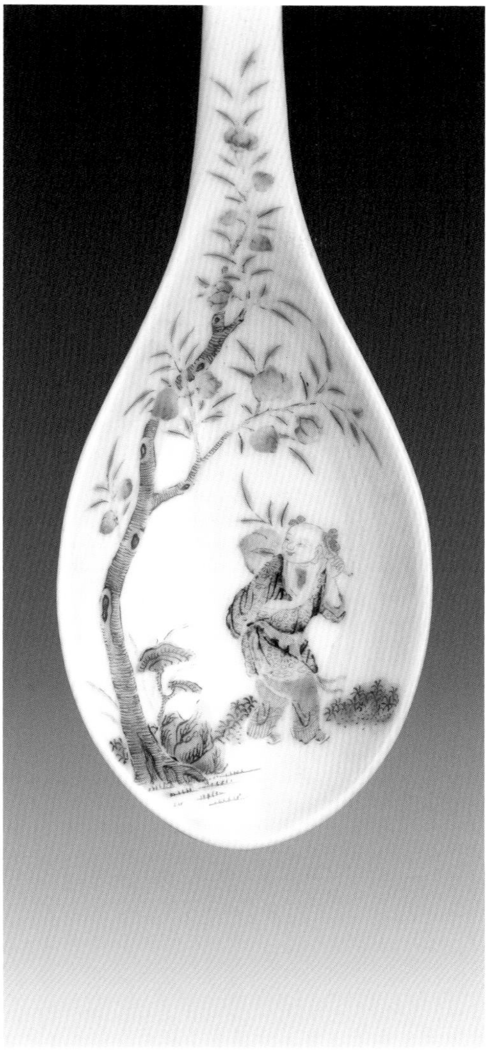

匙内绘童子摘桃图，桃枝瘦长，树下旁出灵芝，画意吉祥。

匙外壁饰五只蝙蝠飞舞于祥云之间，多个吉祥寓意的图案构成了一幅生动的『福寿』图景。

外底中心书红彩『慎德堂制』四字双行楷书款。

（杨俊艳）

32

粉彩蝠桃纹匙

清代 道光

长 18.7 厘米，宽 4.8 厘米

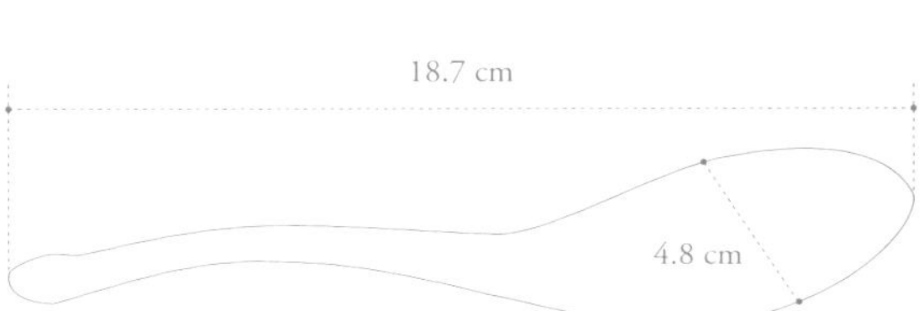

33

粉彩福寿纹如意耳尊

清代 嘉庆

口径 9 厘米，底径 9.8 厘米，

高 21.2 厘米

器身花纹连同作为附件的如意耳，共同表达万福万寿、福寿连绵、吉庆如意等美好寓意。

器身正面中部寓意福寿的主体纹样从上到下依次为：蝙蝠、『卍』字、吉磬、瓶形的变体寿字，以及大朵宝相花，另面对称相同。

侧面寓意福寿的装饰附件及纹样从上到下依次为：如意形耳、莲花、宝瓶仙桃、宝相花，两侧有对称的蝙蝠、『卍』字、莲花，另面对称相同。

外底中心书红彩『大清嘉庆年制』六字三行篆书款。

（李晔）

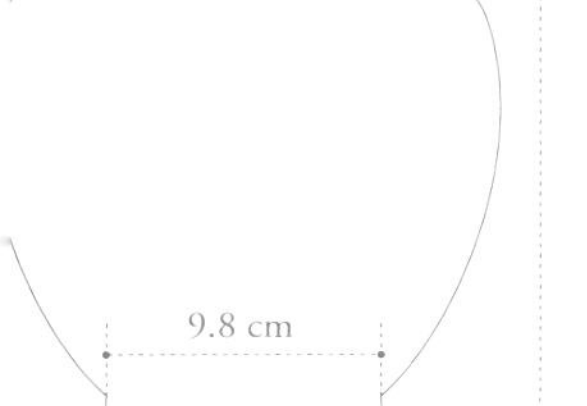
9 cm
9.8 cm
21.2 cm

34

红釉描金缠枝宝相花福寿纹渣斗

清代 道光

口径 9.2 厘米，底径 5.7 厘米，

高 8.7 厘米

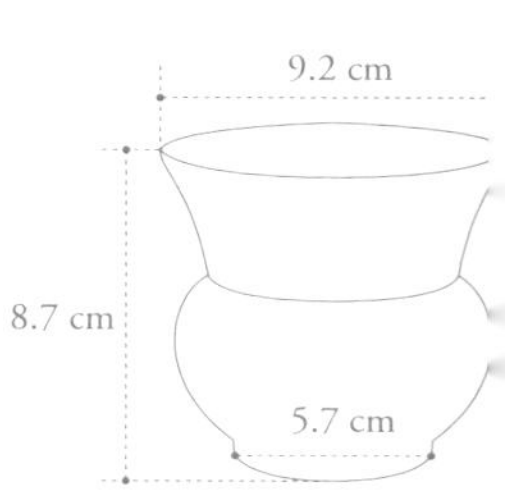

颈部绘蝙蝠、篆书『寿』字和宝相花托仙桃；腹部绘蝙蝠衔『卍』字符号和宝相花托仙桃；主体图案绘缠枝纹，有连缠之意。整体寓意万福万寿、福寿连绵。外底中心书红彩『慎德堂制』四字楷书款。（杨俊艳）

前后腹部的中心均绘有桃形开光，
开光内绘九个寿桃，五只蝙蝠，
其中三蝠共衔绥带『卍』字。
开光外绘缠枝莲纹，
每朵莲花内书一『寿』字。
整体寓意五福捧寿、福寿连连。
外底中心书青花『大清乾隆年制』
六字三行篆书款。
（杨俊艳）

35

青花福寿纹贯耳尊

清代 乾隆
口径 19 × 16.4 厘米，底径 21 × 17.8 厘米，
高 49 厘米

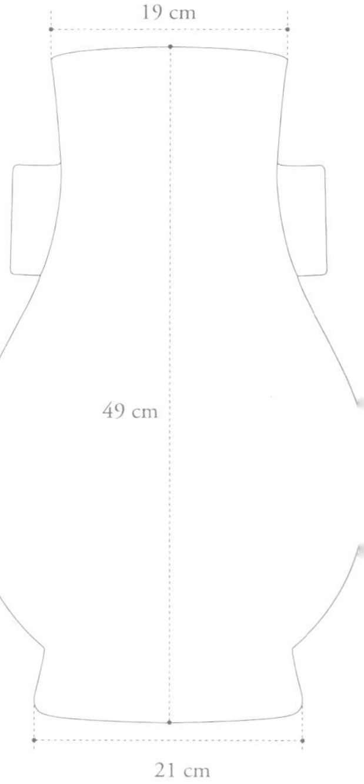

瓶颈部与腹部均饰以粉彩祥云纹与红彩蝙蝠纹，肩部绘粉彩宝相花纹与描金『寿』字。底书红彩『大清光绪年制』六字双行楷书竖款。（杨俊艳）

36

粉彩描金福寿纹赏瓶

清代 光绪

口径 9.9 厘米，底径 13 厘米，

高 39 厘米

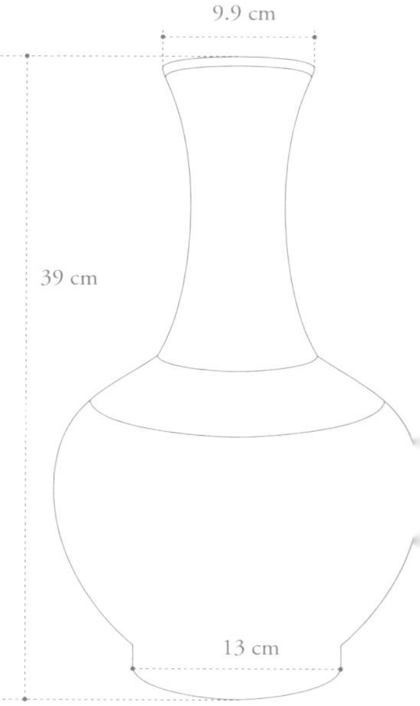

37

斗彩灵仙祝寿图盘

清代 康熙

口径 21 厘米，底径 12.7 厘米，

高 4 厘米

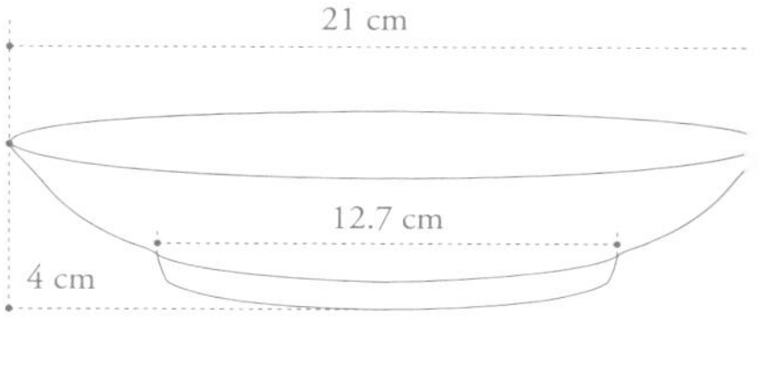

盘内心以青花书一『寿』字，『寿』字上覆斗彩寿桃，桃内绘飞舞的丹顶鹤，寓意寿上加寿。内壁绘斗彩贯套灵芝、祥云、寿桃、团寿字等纹饰。外壁绘灵芝、洞石、翠竹，谐音寓意『灵仙祝寿』。外底中心书青花『大清康熙年制』六字三行双圈楷书横款。

（杨俊艳）

38

外黄釉内红釉粉彩“福禄寿喜”葫芦纹盘

清代 同治

口径 14 厘米，底径 8 厘米，

高 2.4 厘米

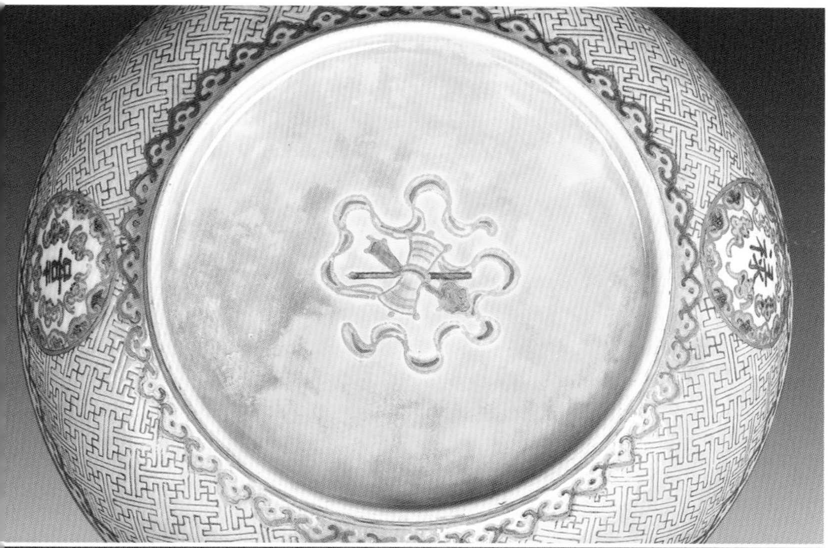

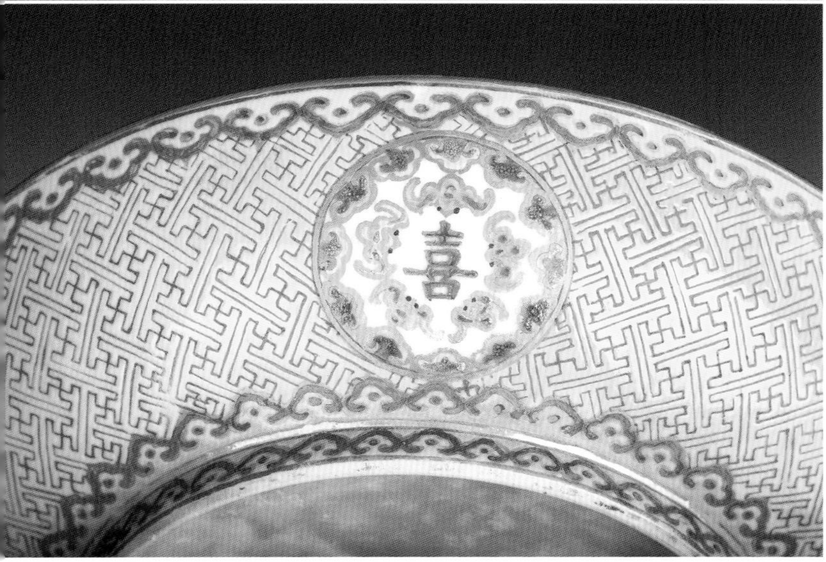

盘内绘粉彩葫芦纹。

盘外壁四开光内分别绘粉彩如意头、蝙蝠团绕的『福』『禄』『寿』『喜』红字。

外底上饰粉彩『必定如意』吉祥图案款。

（李晔）

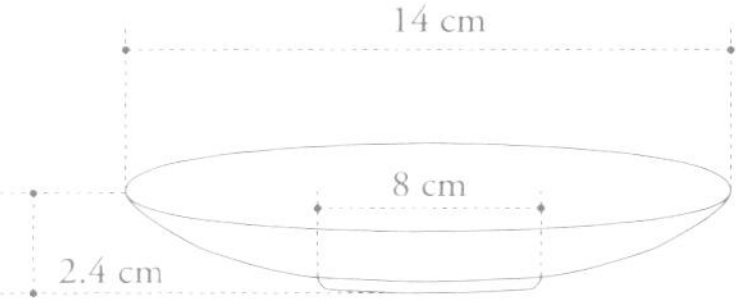

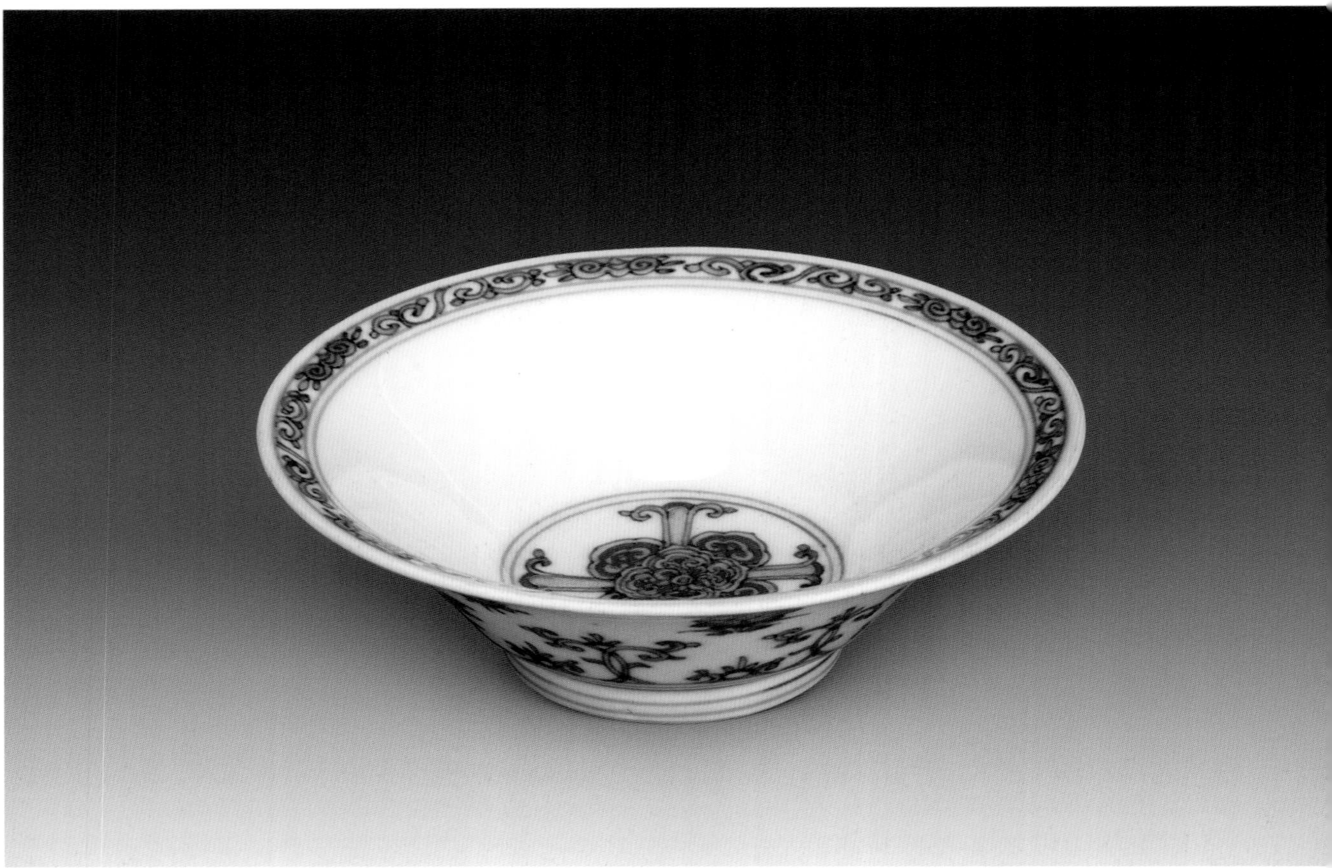

39

清康熙斗彩八宝纹撇口碗

清代 康熙

口径 14.3 厘米，底径 6 厘米，

高 4.8 厘米

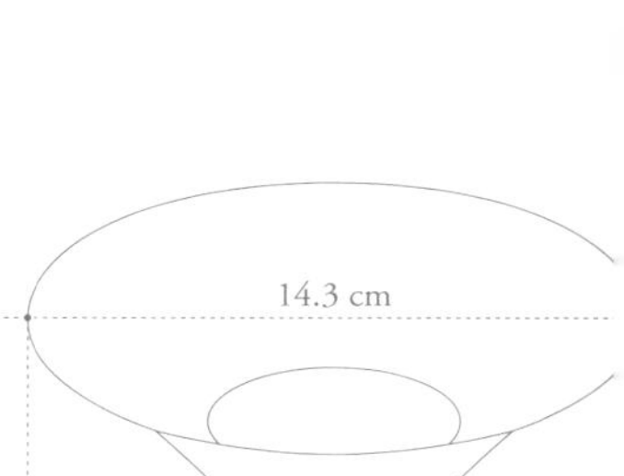

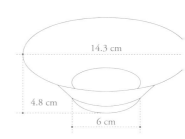

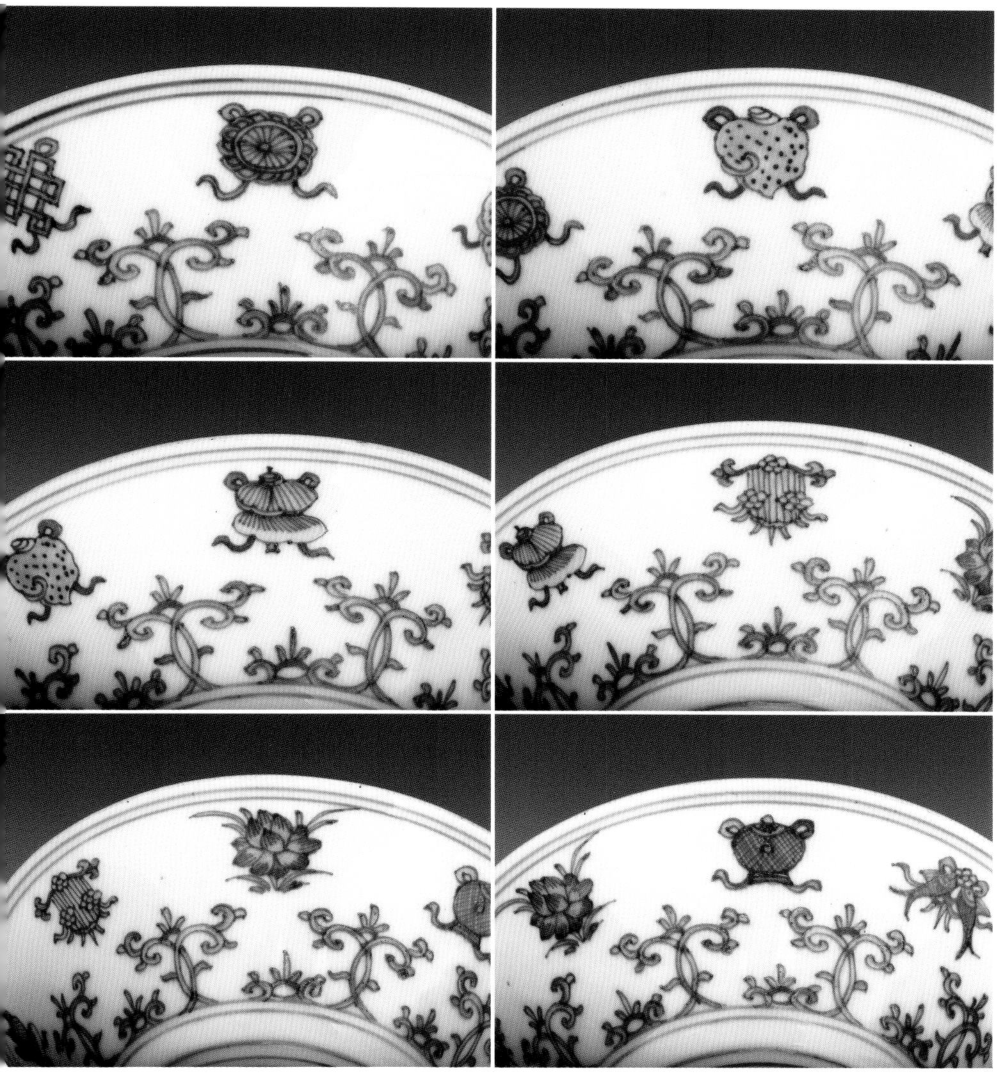

碗内口沿饰卷草纹和灵芝纹，内底双圈内绘灵芝纹。外壁上腹部绘佛教八宝纹，又称八吉祥纹。外底中心书青花『大明宣德年制』六字双行双圈楷书竖款，属于仿前朝伪托款。

（杨俊艳）

佛教八宝纹，又称八吉祥纹。分别为吉祥结、
莲、宝伞、右旋海螺、金轮、胜利幢、宝瓶和
鱼。

40

青花五老图罐

明代 崇祯

口径12.8厘米，底径11.7厘米，

高 23.4 厘米

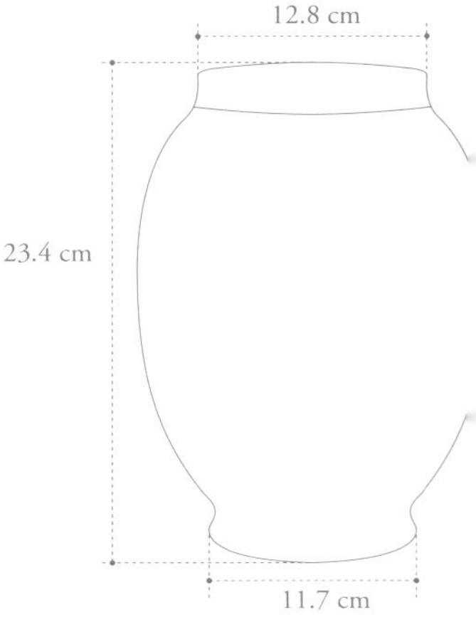

腹部绘五老图，老人是长寿最为直接的象征，反映古人期盼安逸终老的美好愿望。底书伪托青花『大明嘉靖年制』六字双行双圈楷书竖款。（李晔）

所谓“五老”，是指北宋名臣杜衍、王涣、毕世长、冯平、朱贯，辞官后寓居南京睢阳（今河南省商丘市睢阳区）颐养天年，经常宴集赋诗，时称“睢阳五老会”。由于他们都年过八十，在当时年代实属罕见，故常用来隐喻长寿。

41

粉彩松鹿纹瓶

清代 光绪

口径 11.1 厘米，底径 12.7 厘米，

高 31.7 厘米

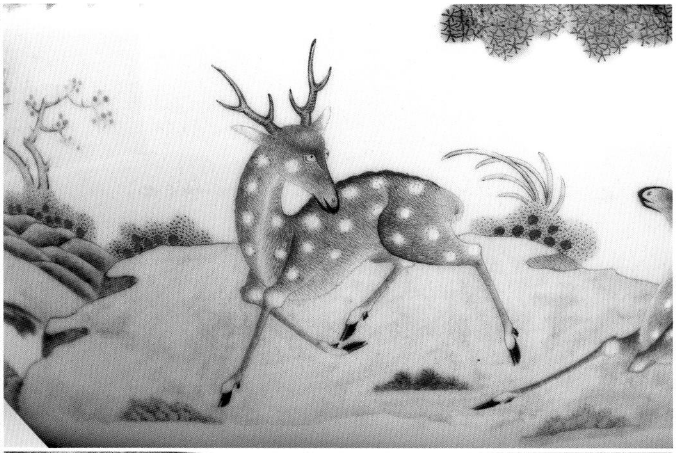

瓶口沿下绘红蝠、祥云。肩部绘佛教八宝吉祥图案。腹部绘寓意福禄寿的图画，寓意寿禄双全、好事成双。外底中心书红彩『大清光绪年制』六字双行楷书竖款。

（李晔）

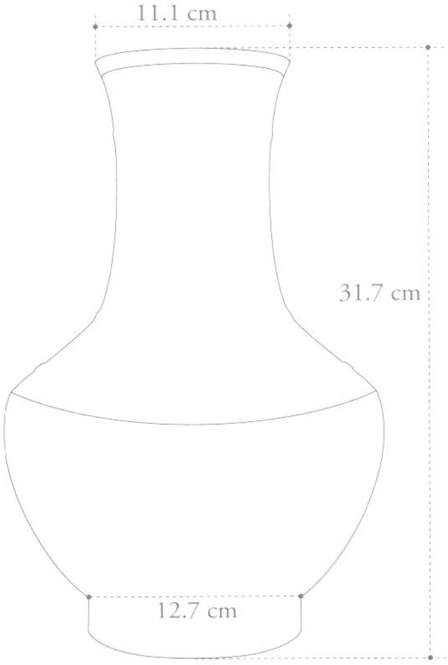

42

粉彩宝相花纹花口盆

清代 道光

口径 17.5 厘米，底径 10.5 厘米，

高 9 厘米

盆外壁绘粉彩宝相花纹和蓝彩蝙蝠纹，间饰描金『卍』『寿』字图案，寓意万福万寿。外底中心书青花『大清道光年制』六字三行篆书款。（杨俊艳）

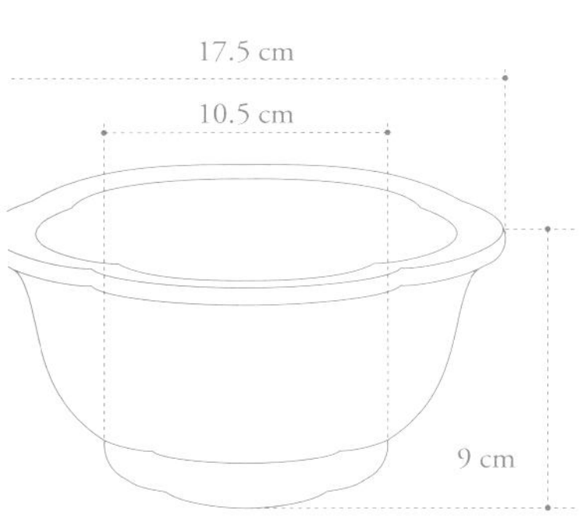

43

青玉灵芝纹香炉

清代
直径 11 厘米，
高 9 厘米

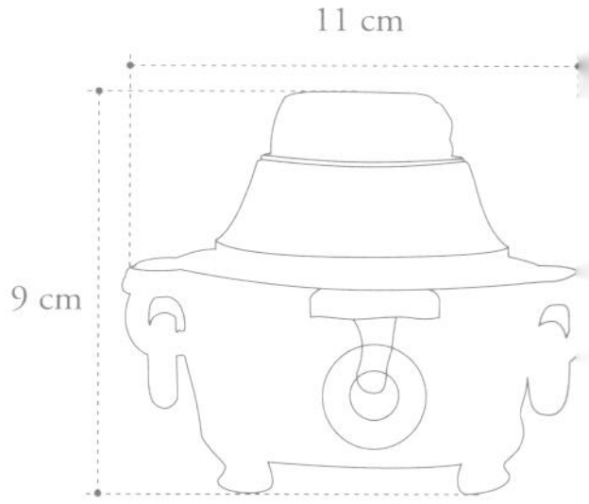

盖钮雕灵芝纹。

炉身口沿对称地雕出四个灵芝形耳。

腹下均匀分布四个兽足，足底呈灵芝状，

造型规整，雕刻细腻。

（高竑）

44

青花云鹤八卦纹碗

清代 康熙

口径 14.1 厘米，底径 5.8 厘米，

高 7.1 厘米

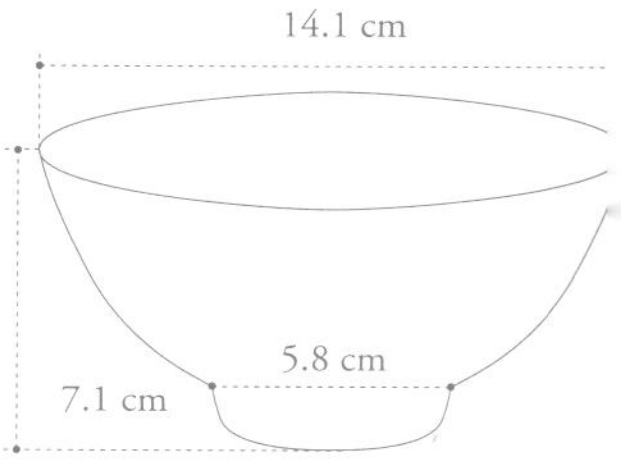

碗内沿饰菱格锦纹一周，内底绘团花与海水纹。外壁上部绘四朵祥云；中部绘八卦纹，间饰以四只飞鹤；下部绘海水江崖。多种吉祥寓意组合，表达了帝王对健康长寿和江山永固的美好祈盼。外底中心书青花『大清康熙年制』六字双行双圈楷书竖款。

（杨俊艳）

仙鹤是寿文化图形中较为常见的动物。因其寿命较长，古人常将其代表长寿的仙人。

盘外壁饰斗彩云鹤纹。仙鹤常伴南极仙翁，寓意长寿。底书青花『大清康熙年制』六字双行双圈楷书竖款。

（李晔）

45

内青花五彩双龙纹外斗彩云鹤纹碗

清代 康熙

口径 14.4 厘米，底径 9.1 厘米，

高 3.5 厘米

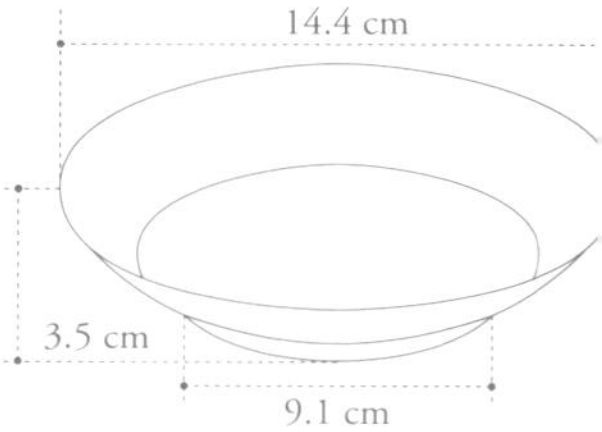

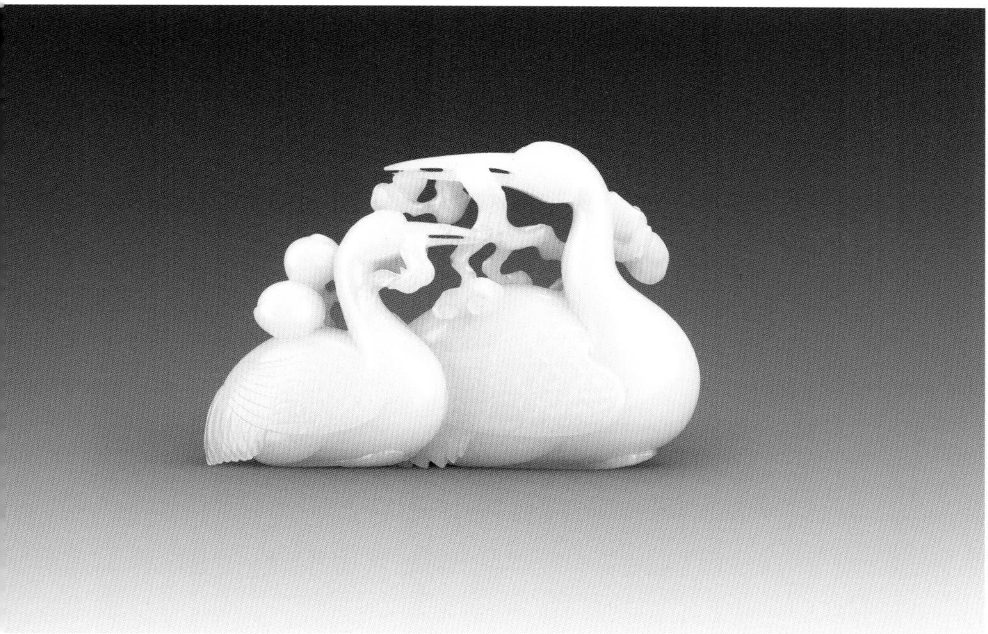

圆雕一大一小双鹤。大鹤回首，口衔灵芝；小鹤口衔寿桃枝。仙鹤、灵芝、寿桃均为长寿吉祥寓意。（高塽）

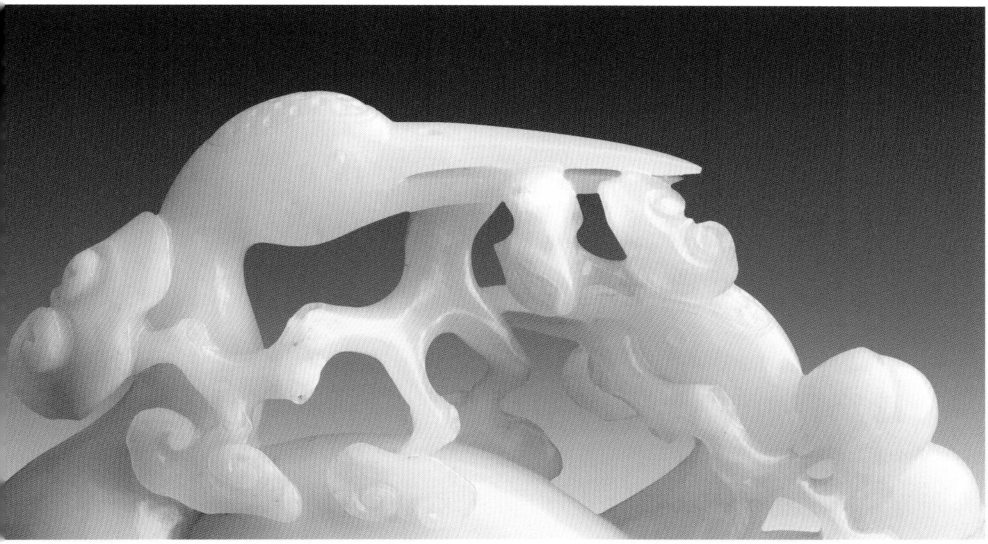

46

青玉鹤衔桃、灵芝摆件

清代
长 14.2 厘米，宽 4.4 厘米，
高 9.7 厘米

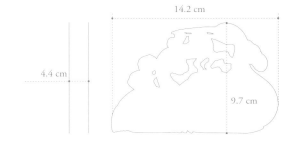

荷叶之上有仙山楼阁，一只仙鹿口衔灵芝，
整个画面寓意『鹤鹿同春』。
（胡桂梅）

47

套五色玻璃鹤鹿同春图鼻烟壶

清代

口径 1.2 厘米，

底径 2.1 厘米，高 6.1 厘米

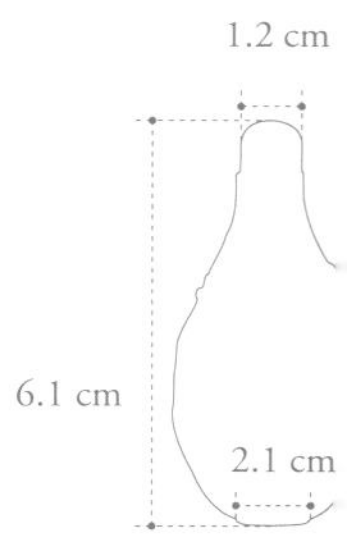

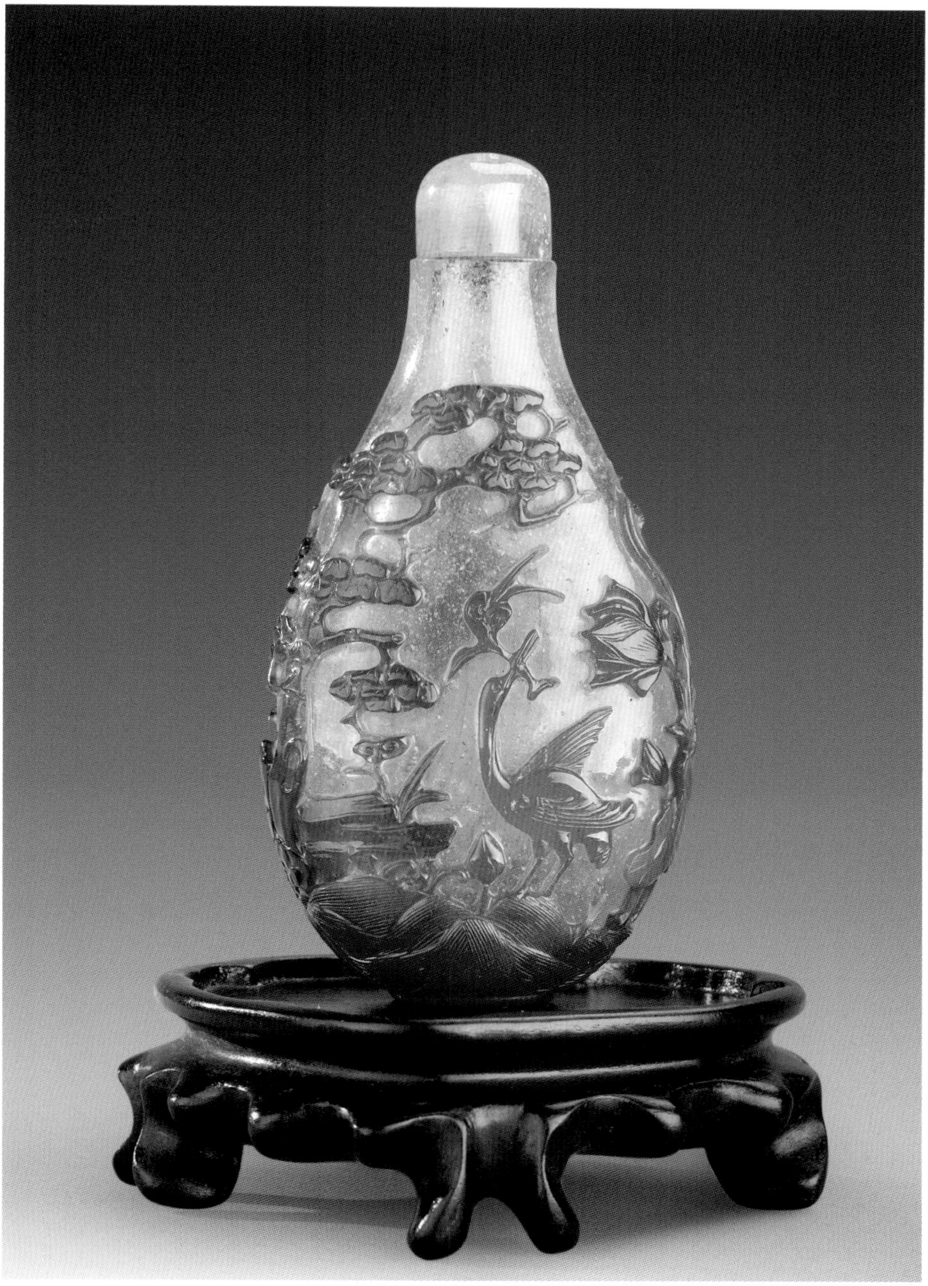

因“鹿”与“禄”谐音，又是寿星的坐骑，在寿文化中常象征长寿之意。鹤是道教长生不老观念的体现，常被称为“仙鹤”。“鹤鹿同春”是由鹤、鹿组成的吉祥图案。至清代增加了长寿、富贵的寓意。

器盖镂雕几何纹，中间雕鹤鹿同春图。第一层，四面分别刻伯克尊铭、周丰鼎铭、穆父丁鼎铭、庸夜君鼎太保彝铭、长宜子孙汉洗文字等青铜器铭文。第二层刻未央砖、郑方鼎、长毋相忘瓦当等古器物图案。第三层，刻曹景完碑、孔庙碑、北海相景君碑等碑文。（胡桂梅）

48

镂空鹤鹿同春铜香薰

民国

长 13.8 厘米，宽 13.8 厘米，

高 12.9 厘米

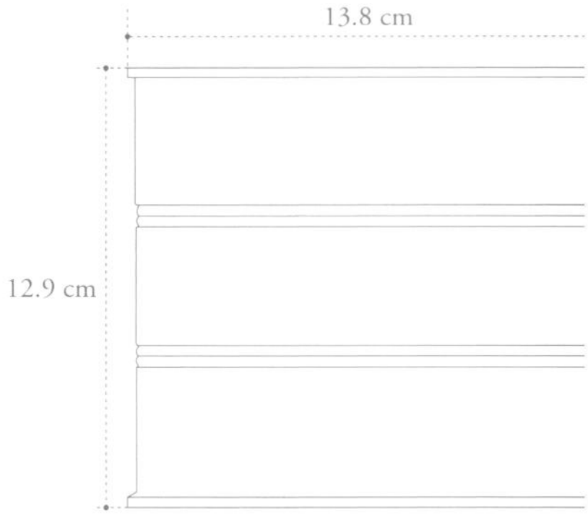

钱面内为『长命富贵 金玉满堂』楷书八字，字外装饰如意、火珠、『卍』字、犀角、笔锭、珊瑚、方胜、太极等杂宝图案。钱背穿右为『刘海戏金蟾』图案，穿左为象征福寿的桃枝和蝙蝠，寓意财源广进、福寿绵长。

（李蓓）

花钱，又名厌胜钱，虽然不是流通货币，但却融合了民俗民风、宗教信仰、哲学思想和美好寄托等丰富内涵。其中有一种以各种吉祥文字和图案为主题来铸造的吉语花钱，代表了古人对美好生活的向往与祝福。此花钱上所题“长命富贵，金玉满堂”，充分体现了人们对长寿富贵的企盼。

49

“长命富贵 金玉满堂”花钱

民国

直径 4.48 厘米，厚 0.22 厘米，

重 22.16 克，铜制

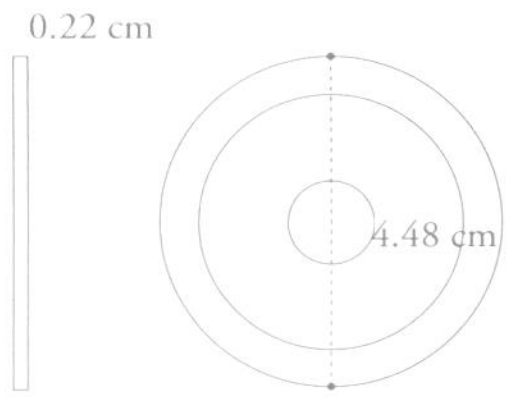

钱面文『长命富贵 金玉满堂』，犀角、笔锭、太极、如意、火珠、元宝、方胜、珊瑚等杂宝图案环绕四周。背面为蝙蝠、鹿、寿桃、喜蛛，寓意『福禄寿喜』，呼应面文。

（李蓓）

50

“长命富贵 金玉满堂”花钱

民国

直径 4.87 厘米，厚 0.26 厘米，

重 29 克，铜制

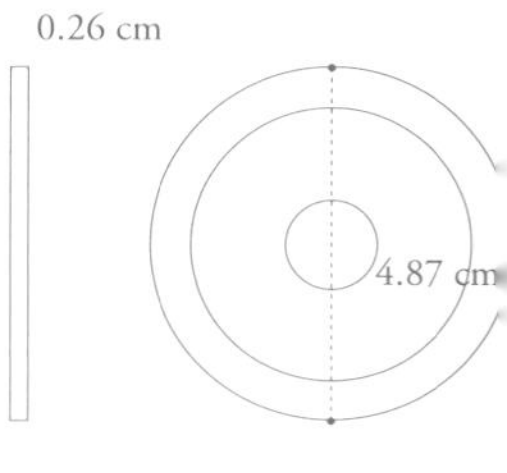

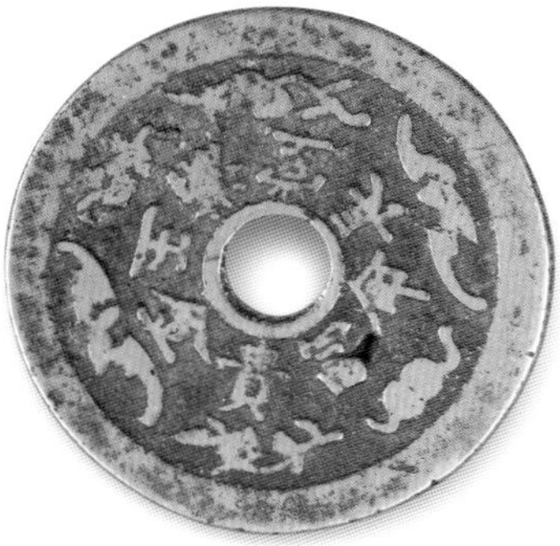

51

“长命富贵 金玉满堂”花钱

民国
直径 4.44 厘米，厚 0.2 厘米，
重 17.6 克，铜制

钱面文『长命富贵 金玉满堂』，外围环绕蝙蝠、桃枝和钱串纹样。背为鹿、鹤、松树、山石等组成的祝寿元素，有『松鹤同龄』『鹿鹤同春』的吉祥寓意。

（李蓓）

三 锦绣华章

寿字产生之初，就因其美好寓意开始在织锦上使用，借以寄托人们延年益寿的理想。早在汉代，寿字就已经出现在织绣品上，此后形制不断演变，以寿为主题的纹样不断衍生，成为中国传统吉祥纹样的重要组成部分。

在织绣品中，以“寿”为主题的纹样，较为常见的是以图案组合的形式出现。这不仅因为图案化的纹样能结合寓意和装饰性的需求，更因其在色彩组合方式以及织造手法上几乎没有限制，故既可作为主题图案，也可配作边缘陪衬。

最常见的“寿”纹样有长寿、团寿、花寿及以寿字为主体与动物、植物、人物、吉祥图案组合而构成的样式……

袍服作为最私人的用品以及一种仪式中重要的道具，绣上关于寿的纹样，对于服装的主人来说是最贴合祝福和赞美之意的，没有什么比在庆寿仪式中穿上绣满吉寿图案的锦袍更能体现出寿庆时主人的尊崇。

锦绣织物以其装饰性和获得材料的便利性，除了做袍服之外还可用来悬挂厅堂烘托气氛，同时又可以作为包装材料甚至书籍字画装裱的封面，其美好喜庆的寓意、活泼热烈的风格迎合了上上下下各阶层的审美趣味。

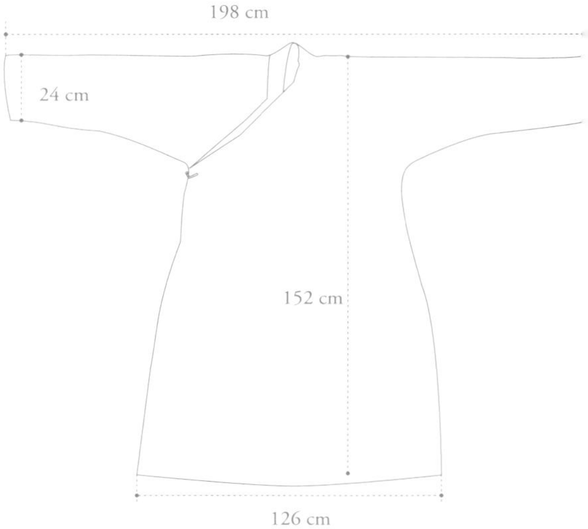

52

蓝地缂丝五彩云
金龙百寿字夹袍

清代 康熙

通长 152 厘米，通袖 198 厘米，

底摆 126 厘米，袖口 24 厘米

袍周身遍饰五彩如意云及不同形态的寿字，下摆缂织海水江崖杂宝纹。（刘远洋）

53

明黄绸绣五彩云蝠
万寿金龙吉服袍面

清代 乾隆

通长 146 厘米，通袖 175 厘米，

底摆 118 厘米，袖口 20 厘米

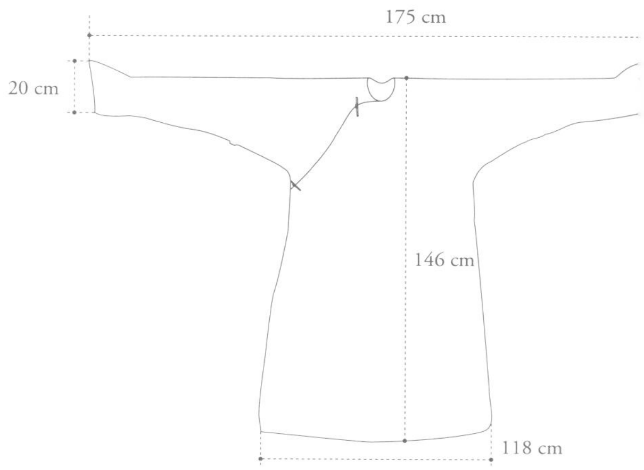

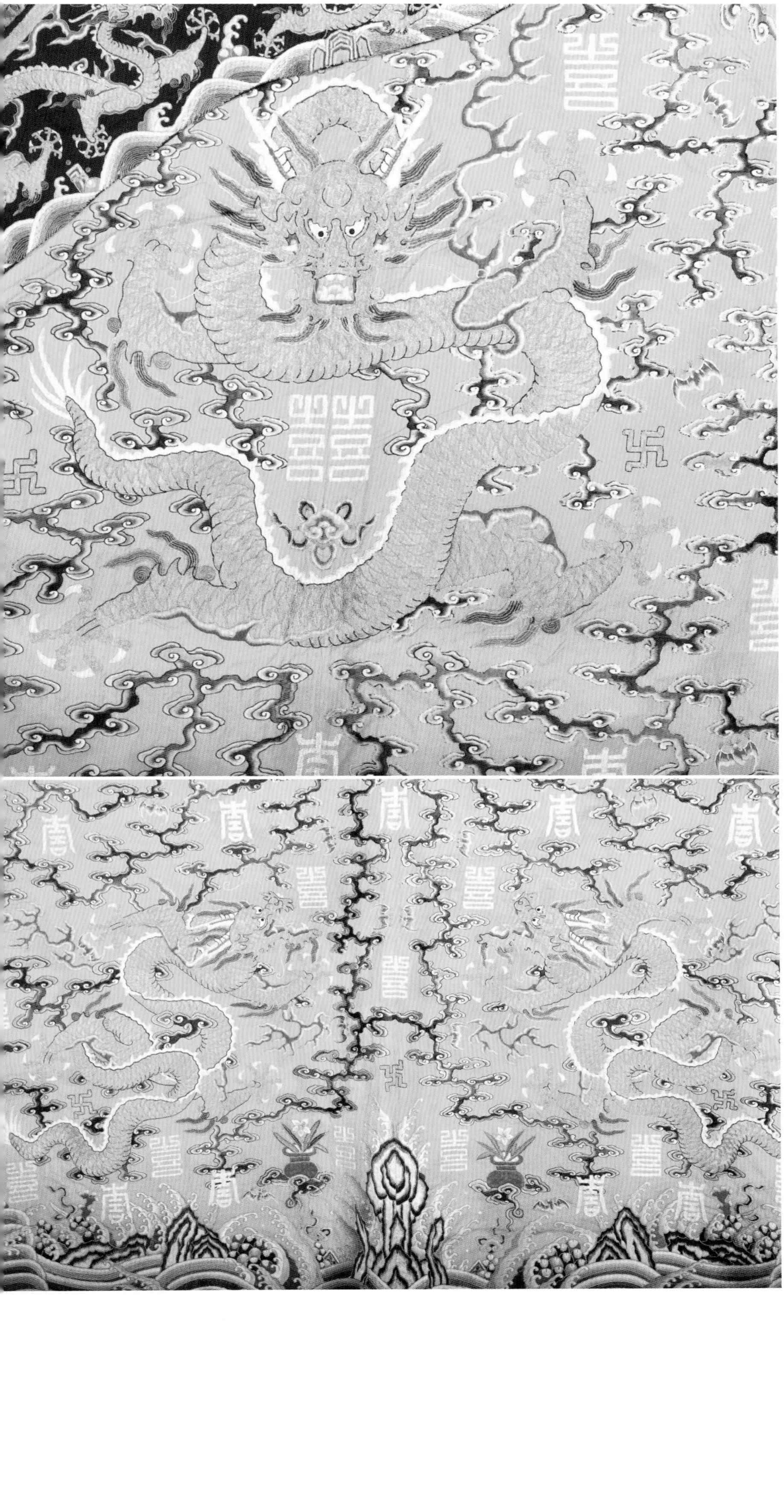

袍领、襟边绣云龙海水杂宝纹，
袍身绣主体金龙九条及海水江崖纹，
间饰五彩流云、红蝠、杂宝、『卍』字、『寿』字、『喜』字等纹样。
（刘远洋）

54

明黄缂丝五彩“福寿”金龙十二章吉服袍面

清代 道光

身长 149 厘米，通袖 222 厘米，

底摆 120 厘米，袖口 23 厘米

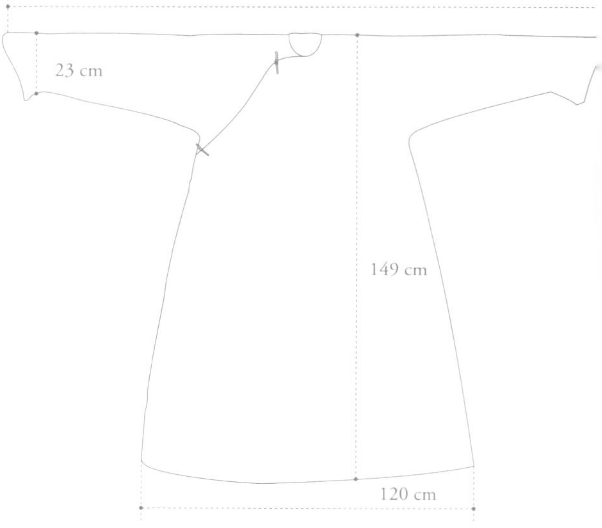

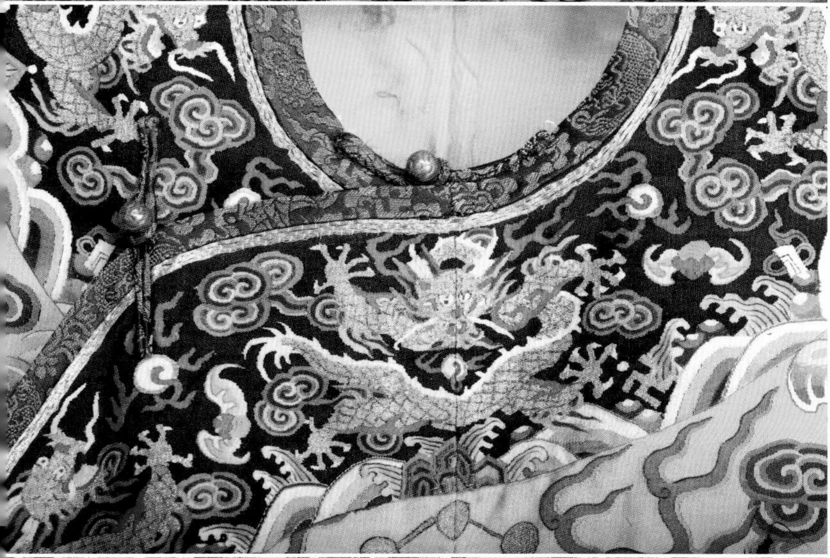

袍面在明黄色地上缂织主体金龙九条，
间饰五彩流云、红蝠、十二章、长寿及团寿纹。
下摆缂海水江崖，
中有磬、灵芝、珊瑚、海珠等杂宝纹样。
（刘远洋）

十二章纹是中国古代帝王礼服上绘绣的十二种纹饰：日、月、星辰、山、龙、华虫、宗彝、藻、火、粉米、黼、黻等，通称“十二章”，是中国帝制时代的服饰等级标志。

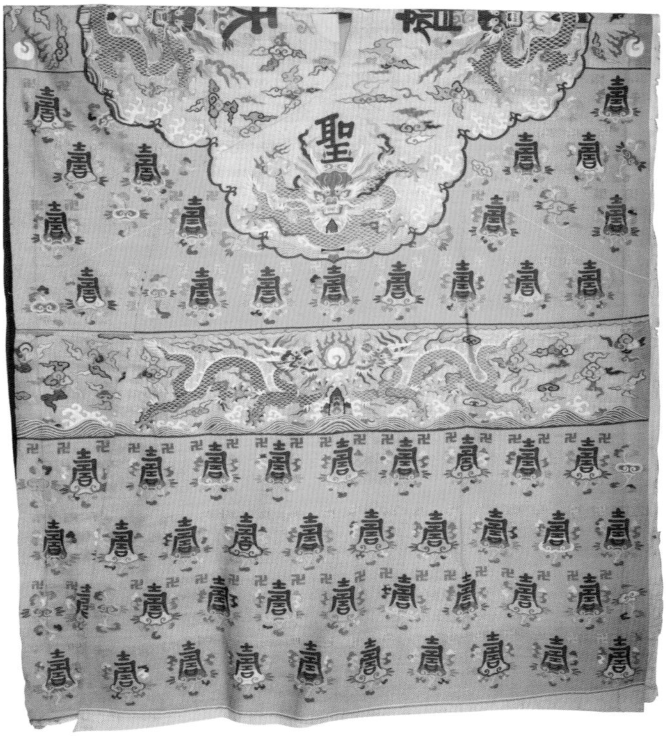

55

橘黄地缂丝灵仙万寿柿蒂云龙襕袍料

清代 初期

纵 301 厘米，横 135.5 厘米

袍料柿蒂内缂织正龙四条，头顶『圣寿齐天』四字，空隙处饰五彩如意云及海水江崖纹样。柿蒂外遍布篆体『寿』字，下由灵芝承托，左右上方饰『卍』字，组成灵仙万寿的吉祥纹样。

（刘远洋）

以绛色纱为地，周身遍饰织金团寿纹。领、襟、裾边以黑缎及花蝶纹绦带镶边，左右腋下饰为如意头形状。（刘远洋）

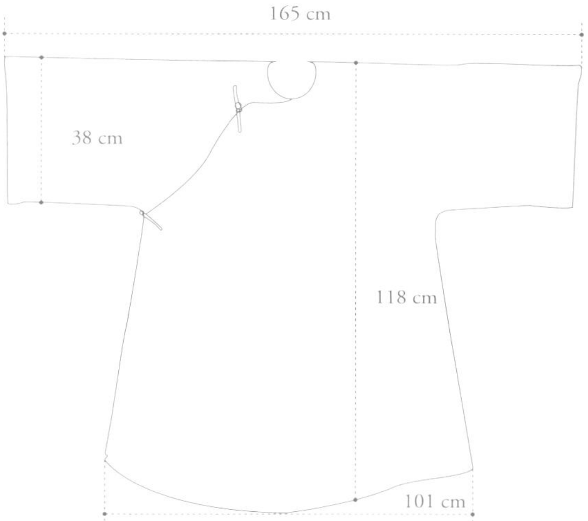

56

绛色团寿纹织金纱女衫

清代 晚期

身长 118 厘米，通袖 165 厘米，

下摆宽 101 厘米，袖宽 38 厘米

57

绢绣花鸟人物纹
四合如意云肩

清代 晚期

直径 76 厘米

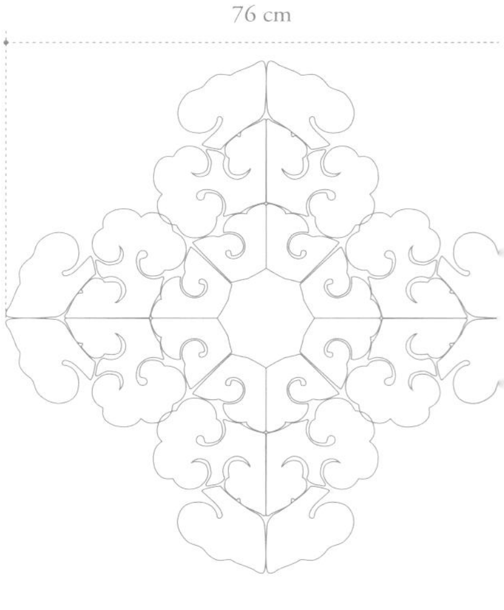

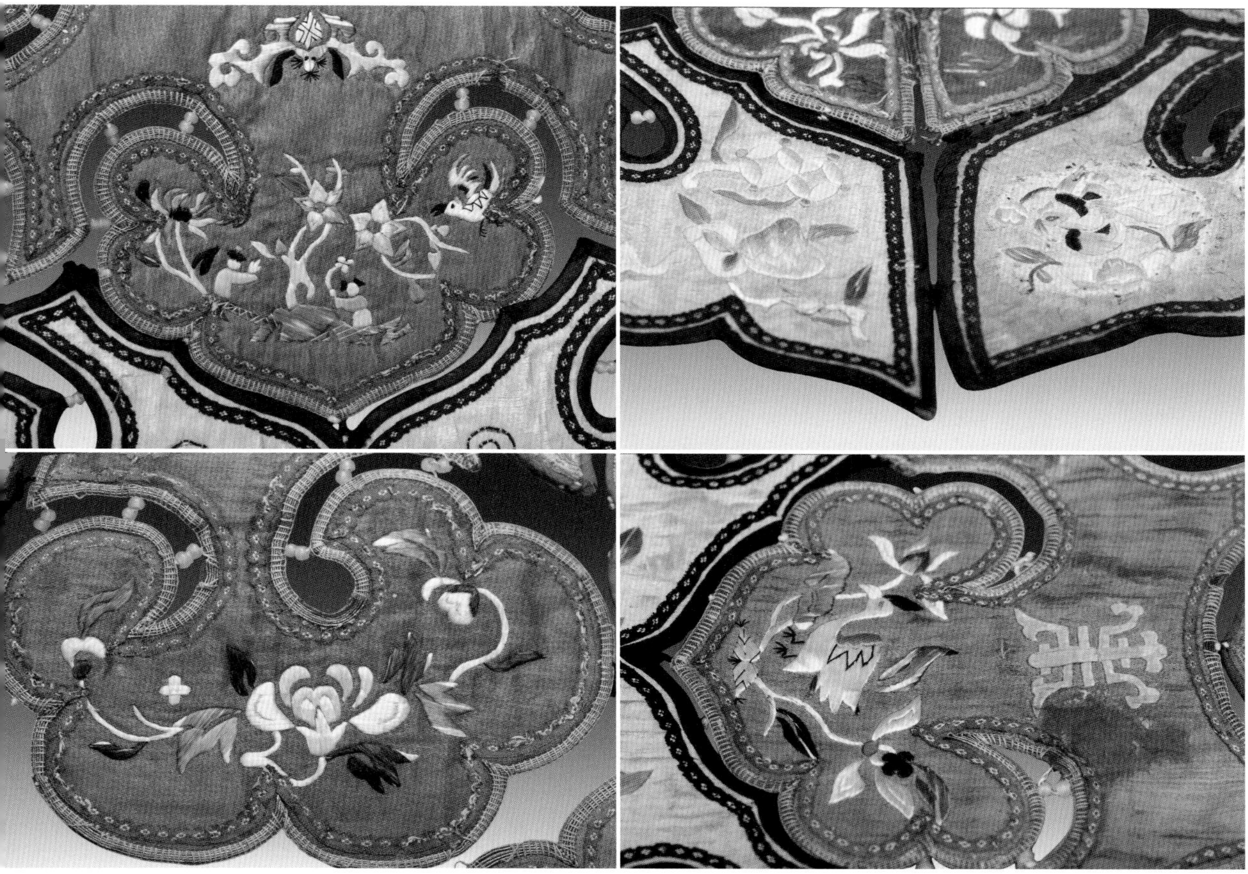

云肩为典型的四合如意式，
每片由三个如意云头顺次相接，
分别绣以各式吉祥纹样，
包括『蝶恋花』『凤穿花』『一路连科』『福到眼前』
以及杂宝、人物故事等。
（刘远洋）

云肩领后为一片较大的如意头形叶片，绣桃花、桃实、蝙蝠、古钱等图案，寓意长寿如意，福到眼前。

（刘远洋）

58

藏蓝缎绣桃实纹云肩

清代 晚期

长 60 厘米，宽 42 厘米

鞋头贴绣如意云头及团寿纹样，
鞋帮彩绣凤凰牡丹图案，
蕴含长寿如意、富贵吉祥之意。
（刘远洋）

59

红缎地绣花鸟云头寿字纹女鞋

清代 晚期

长 24 厘米，宽 10 厘米，

高 10 厘米

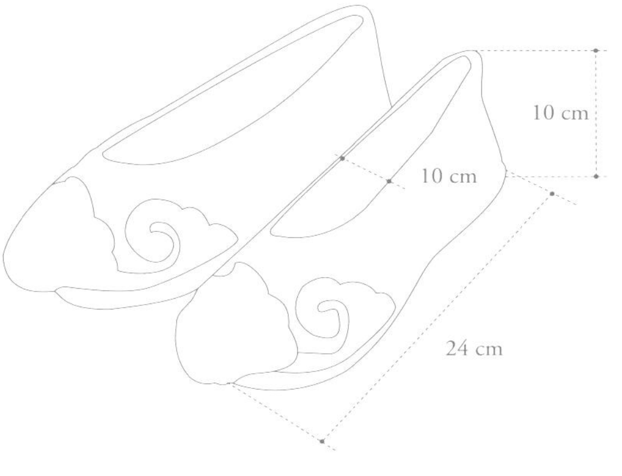

60

红地缂丝五福捧寿云龙海水白象纹椅披

清代

纵 191 厘米，

横 52 厘米

椅披自上而下依次缂织缠枝宝相花、五福捧寿、海水云龙、花蝶夔龙、白象杂宝等纹样，表达出福寿如意、祥瑞吉庆、天下太平、江山万代等多重吉祥寓意。

（刘远洋）

垫面彩绣缠枝菊花铺底，上叠一个硕大的由骨朵云组成的变体『寿』字，下方饰海水江崖，间以杂宝纹。外层顶部正中饰一盘金团寿，其余部分为金线钉绣成的变体『万』字彼此勾连，空隙处穿插彩绣灵芝纹。

（刘远洋）

61

黄缎绣云寿缠枝花纹靠垫套

清代 乾隆

纵 84 厘米，横 86 厘米，

厚 6—17 厘米

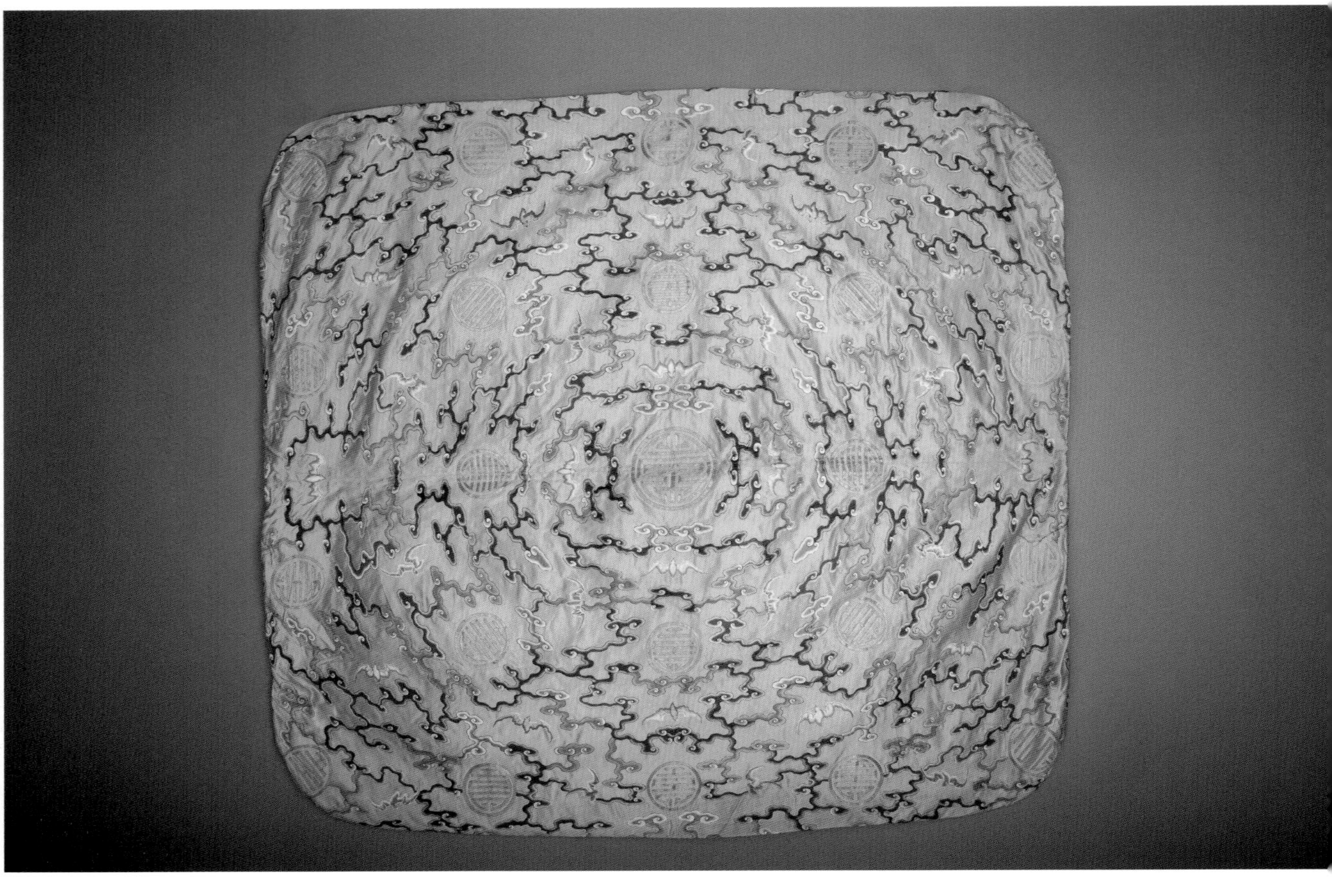

黄缎地垫面上以一钉金团寿为中心，周围环绕连绵延续的五彩云纹向四方铺展，遍及整个垫面，其间穿插红蝠及团寿纹。（刘远洋）

62

黄缎绣五彩云蝠团寿纹垫套

清代 乾隆

纵 120 厘米，横 127 厘米，厚 7 厘米

垫面中央绣一桃枝，其上花叶繁茂，桃实丰硕，周围五彩祥云环绕，八只仙鹤飞舞在云间，各自叼衔暗八仙中的一件法器，外围边缘装饰海水杂宝纹。多种象征长寿的图案组合在一起，表现出浓厚的寿主题内涵。

（刘远洋）

63

黄缎绣桃寿鹤衔暗八仙纹垫套

清代 乾隆

纵 120 厘米，横 120 厘米，厚 7 厘米

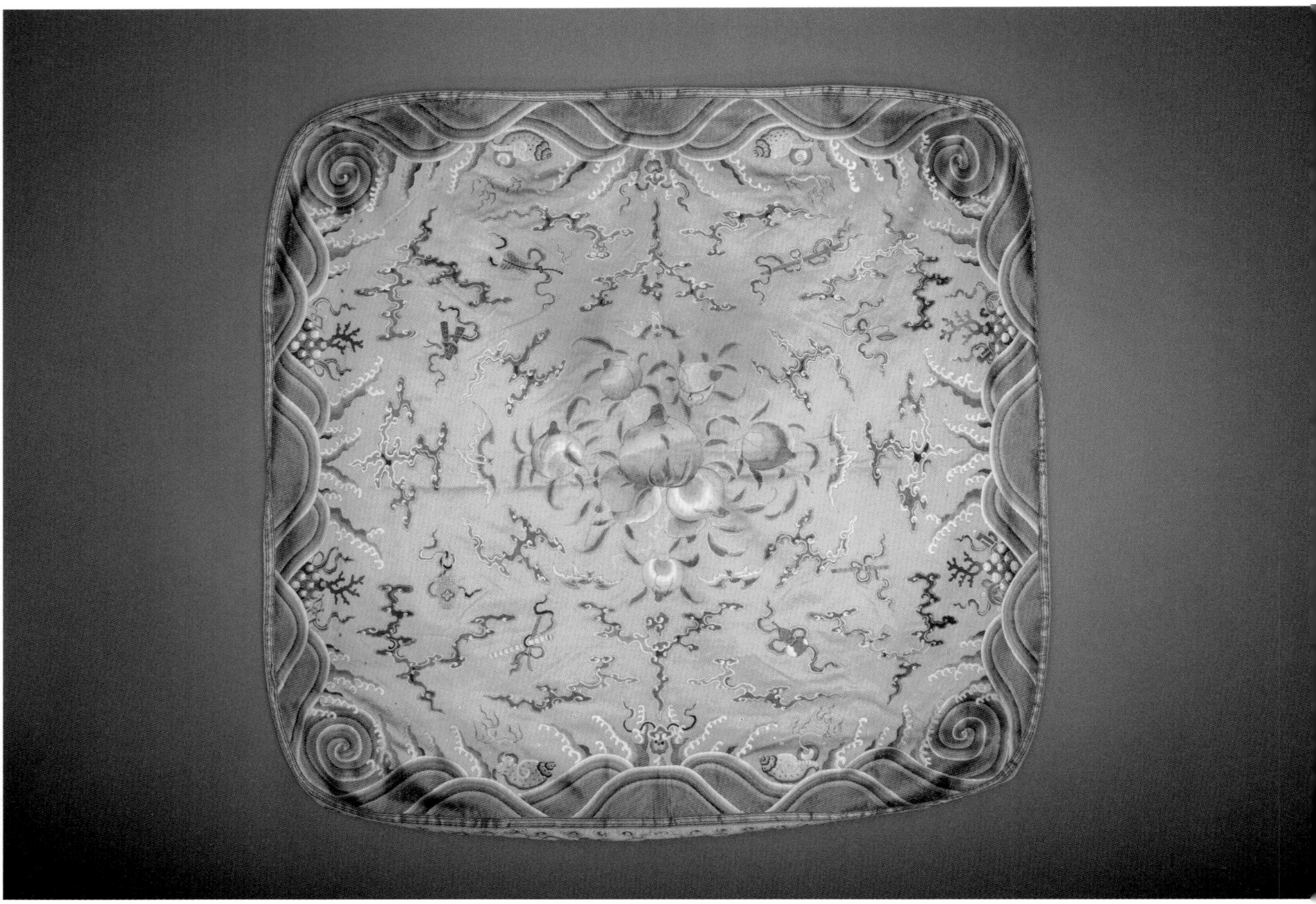

64

黄缎绣云蝠
九桃暗八仙纹垫套

清代 乾隆

纵 113 厘米，横 119 厘米，

厚 6 厘米

垫面正中绣一串九枚桃实，周围环绕五只红蝠，组成五福捧寿的吉祥纹样，外层又环以暗八仙纹，间饰五色云，四边装饰海水杂宝纹。（刘远洋）

垫面纹饰由金线分隔成内外两层，内层中心为一团寿，周围环绕五只蝙蝠，空处填饰五彩云纹。外层一圈规则排列八个团寿，间饰蝙蝠及五彩云纹。

（刘远洋）

65

黄缎绣五彩云蝠团寿纹靠垫套

清代 乾隆

纵 71 厘米，横 74 厘米，

厚 6.5—12 厘米

雪青色缎地上织灵芝、仙鹤图案，其间穿插以金线织成的楷书『寿』字，谐音『灵仙祝寿』。经皮上贴题签『大方广佛华严经卷第三十三』。（刘远洋）

66

雪青地灵仙祝寿加金暗花缎经皮

明代 中期

纵 37 厘米，横 12.3 厘米

绿色缎地上以金线织四方连续排列的宝相花图案，花间空隙处饰以织金楷书『寿』字。

（刘远洋）

67

绿地宝相花寿字织金缎经皮

明代 中期

纵 37 厘米，横 12.3 厘米

68

绿地方棋寿字双层锦经皮

明代 中期

纵 33.1 厘米，横 12 厘米

绿色地上织方棋几何骨式结构，在中心圆环内饰篆书『寿』字，四周空格内填入如意云纹及朵花图案，寓意长寿如意。经皮上贴题签『圆觉道场禅观等法事礼忏文卷第七』。（刘远洋）

沉香色绸地上织绿色楷体『寿』字，以二分之一错排形式做散点分布。经皮上贴题签『圆觉道场礼忏禅观法事卷第三』。

（刘远洋）

69

沉香地寿字潞绸经皮

明代 中期

纵 33 厘米，横 11.8 厘米

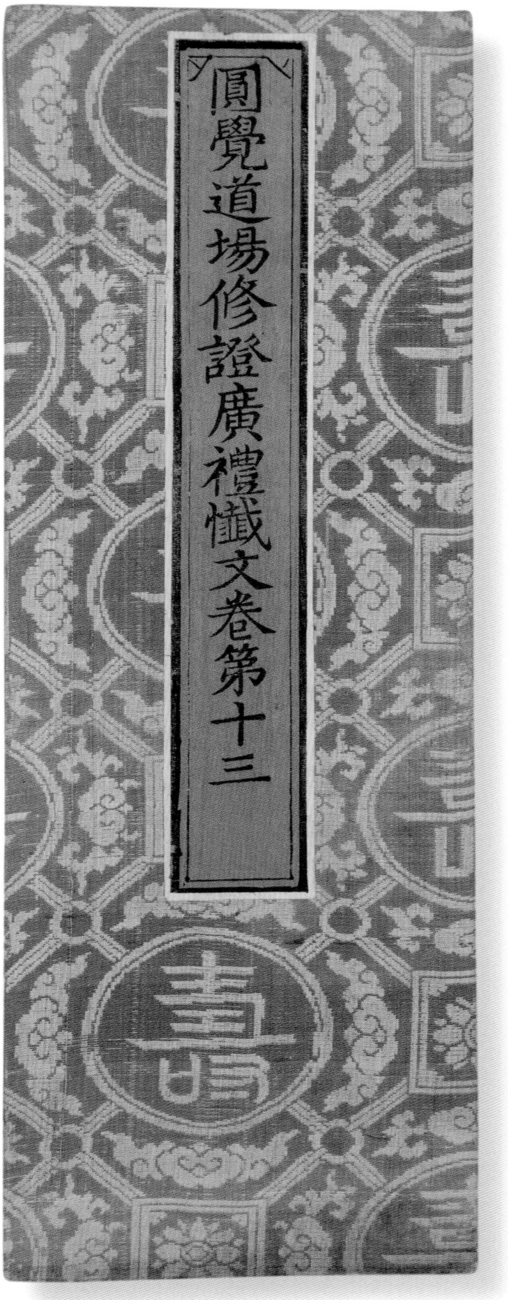

70

酱色地方棋寿字双层锦经皮

明代 中期

纵 33 厘米，横 12 厘米

酱色地上织方棋几何骨式结构，在中心圆环内饰篆体『寿』字，四周空格内填入如意云纹及朵花图案，寓意长寿如意。经皮上贴题签『圆觉道场修证广礼忏文卷第十三』。

（刘远洋）

木红色绸地上织黄色灵芝寿字图案。灵芝上托承『寿』字，下缀饰『卍』字，单元纹样作散点式二分之一错排。经皮上贴题签『圆觉道场修证广仪卷第十一』。（刘远洋）

71

木红地灵仙祝寿两色绸经皮

明代 中期

纵 33.2 厘米，横 12 厘米

72

绿地花果寿字双层锦经皮

明代 中期

纵 32.8 厘米，横 11.8 厘米

绿地上织莲花、石榴、桃实、柿子等花果及寿字图案。各种具有吉祥含义的花果环绕在『寿』字周围，寓意多寿多子、事事吉祥。经皮上贴题签『圆觉道场修证广礼忏文卷第十三』。

（刘远洋）

灰绿色绸地上织二分之一错排的灯笼纹。灯笼呈葫芦形，内填『平安』『万寿』等吉语。经皮上贴题签『圆觉道场修证广礼忏文卷第十三』。

（刘远洋）

73

灰绿地万寿平安葫芦灯笼潞绸经皮

明代 中期

纵 32.8 厘米，横 11.8 厘米

葫芦是明清织绣纹样中的常见题材。因其藤蔓绵延，果实多籽，被视为子孙昌盛的象征。葫芦又谐音“福禄”，寓意福禄双全，富贵吉利。此外，葫芦还是道教圣物，有护身辟邪的吉祥寓意。

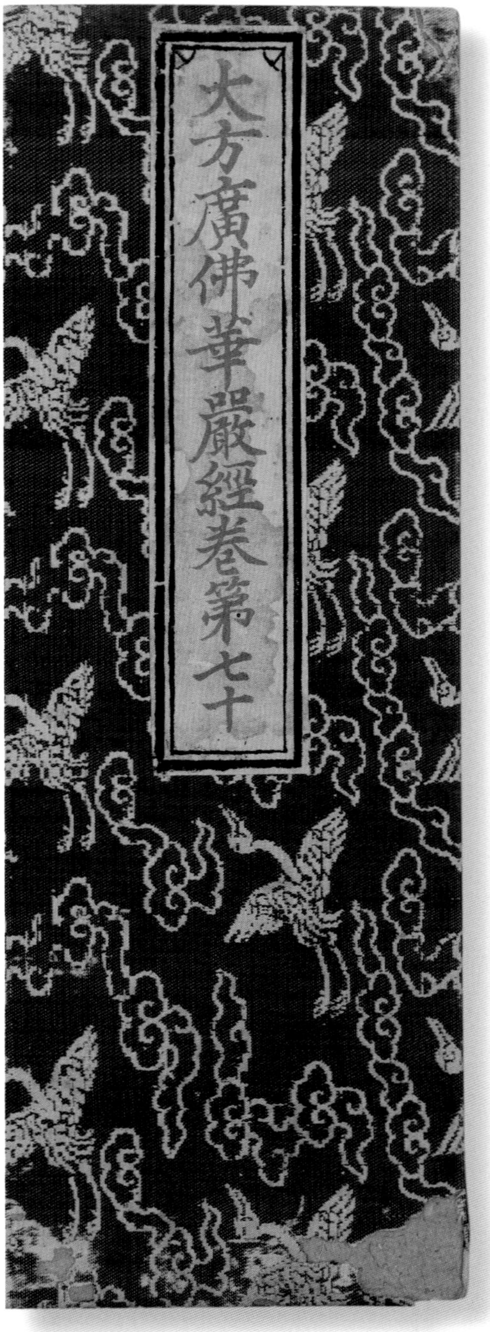

蓝色绸地上织米白色四方连续云鹤纹图案，寓有长寿如意的吉祥含义。经皮上贴题签『大方广佛华严经卷第七十』。（刘远洋）

74

蓝地云鹤纹绸经皮

明代 中期

纵 35 厘米，横 12 厘米

在蓝色绸地上彩绣八仙与寿星等仙人为西王母祝寿的生动场面。穿插于各处的『寿』元素，如果实累累的桃树、苍翠的松柏、西王母、寿星及何仙姑手中的仙桃、蓝采和花篮中的灵芝等，很好地呼应了群仙祝寿的主题。（刘远洋）

75

蓝绸地苏绣 八仙祝寿图片

清代

纵 128 厘米，横 73 厘米

以蓝缎为地，彩绣福、禄、寿三星在瑶池向西王母祝寿的情景。瑶池周围云气缥缈，水波澹澹，岸边各种花木争相竞秀，一片生机勃勃的仙境美景。

（刘远洋）

76

蓝缎地苏绣 瑶台祝寿图片

清代 道光

纵 231 厘米，横 130 厘米

在蓝色绸地上绣福、禄、寿三星图。
三星姿态各异，与身边童子嬉戏玩闹。
背景青山秀水，苍松劲挺，充满吉庆祥和之感。
（刘远洋）

77

蓝缎地苏绣
福禄寿三星图片

清代 嘉庆

纵 158.5 厘米，横 100.5 厘米

福、禄、寿三星起源于古人对星辰的自然崇拜，福星即木星，古称为岁星，人们认为其照临可降福，故谓福星；禄星又称文昌星，为文昌宫六星之一，旧时传说其职司文运官禄；寿星，即南极老人星，民间祠之以祈福寿。后来这三星逐渐被塑造为分别主管福运、官禄、长寿的神仙，广泛应用于明清时期的吉祥图案中。

在蓝色地上缂织重山、仙云，云间群鹤或衔竹筹，或叼桃枝，次第飞向近处楼台。楼前所立投壶内已插有数筹。楼台下波涛翻涌，松梧叠翠，近岸处桃树结满硕果，树下灵芝错落，展现出一片仙界的繁盛美景。

（刘远洋）

78

蓝地缂丝加画海屋添筹图轴

清代 乾隆

纵 173 厘米，横 105 厘米

79

米色绫地苏绣桃竹绶带鸟裱片

清代 道光

纵 90 厘米，横 45 厘米

在米色绫地上绣桃竹相依互生，桃枝蜿蜒伸出，花叶繁茂，果实丰硕，枝上栖立一只绶带鸟，转首回望树下。桃与绶带鸟均为『寿』的表意，具有祝颂长寿的吉祥寓意。（刘远洋）

80

蓝色江绸地苏绣
灵仙祝寿图裱片

清代 同治

纵 101 厘米，横 50 厘米

以蓝色江绸为地，绣蝙蝠、桃实、灵芝、竹枝等纹样，表达灵仙祝寿、福寿双全的吉祥之意。

（刘远洋）

明黄色缎地上绣梧桐、白鹤、翠竹等景物。梧桐枝叶舒展，姿态秀美，树下一只白鹤振翅欲飞，天空中彩云缭绕，地面上竹石相倚，花草葱郁，充满着生机盎然的气息。

（刘远洋）

81

明黄缎绣
梧桐鹤竹挂片

清代 晚期

纵 160.5 厘米，横 92 厘米

在米色江绸地上绣松鹤图案。图中松树苍翠挺拔，树下有寿石数座，翠竹几竿，灵芝一丛，两只白鹤正在悠闲漫步，休憩觅食，一旁流水潺潺，水草丰茂，一派安宁祥和的景象。（刘远洋）

82

米色江绸地苏绣松鹤图轴

清代 晚期

纵 178 厘米，横 59 厘米

鹤被认为是长寿之鸟，《淮南子·说林训》载：“鹤寿千岁以极其游”。松凌寒不凋，四季长青，亦为长寿的象征。松树与鹤组合，寓意松鹤长春、延年益寿。

83

米色缎绣
松藤绶带鸟图片

清代 光绪

纵 156 厘米，横 87 厘米

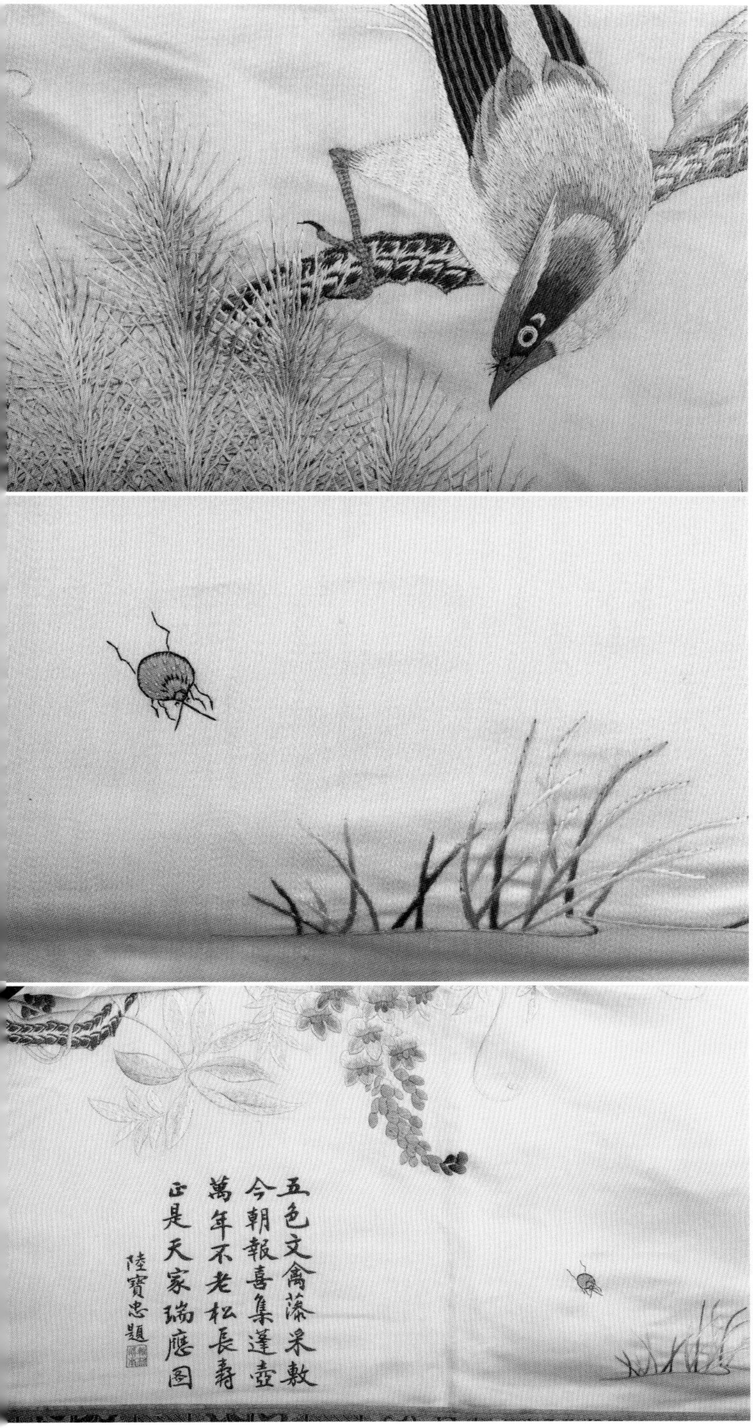

米色缎地上绣松树、藤萝和绶带鸟等图案。

绣画边侧绣有题款『御笔』『光绪甲午孟春上浣』以及『慈禧皇太后之宝』『颐神养性』『瀛海仙班』『海涵春育』等多方慈禧太后的印鉴，此外还有吴树梅、陆润庠、陆宝忠三位臣官的祝颂题诗，分别为『宝络纷垂荫碧萝，凌云干耸绾乔诃；飘缨更喜招仙羽，春满华林瑞气多』『彩绚丹霞金凤舞，涛翻银浪玉龙蟠；琼楼缥缈排云出，锦羽翩跹湛露欢』『五色文禽藻采敷，今朝报喜集蓬壶；万年不老松长寿，正是天家瑞应图』。由画面及题字内容来看，此幅绣品应是以慈禧御笔画作为蓝本，为庆祝慈禧六十寿辰而进献的贺礼。（刘远洋）

绶带鸟之“绶”，与“寿”谐音；松为常绿乔木，越寒不凋，四季常青，是长寿康健的象征；紫藤则是大型攀援性藤本植物，松藤相缠，寓意连绵不断、长生不老。三者组合，表达出鲜明的“益寿延年”的吉祥主题。

四 祈寿随身

祈求长寿的图案纹饰也常常用在配饰上，用来寄托穿戴者长命百岁、福寿延绵的美好愿望能够随身而行。配饰上寿的纹样，在装饰手段上倾向于运用简单纹样重叠组合的方式，在立体装饰上选择小巧的植物、动物纹以及变形寿字。其中以金、银、玉器等名贵材料为载体的配饰不仅被人喜欢用作美化自己的装饰物，而且因其私人化装饰的性质，更多地被用来彰显个人的地位和审美趣味。

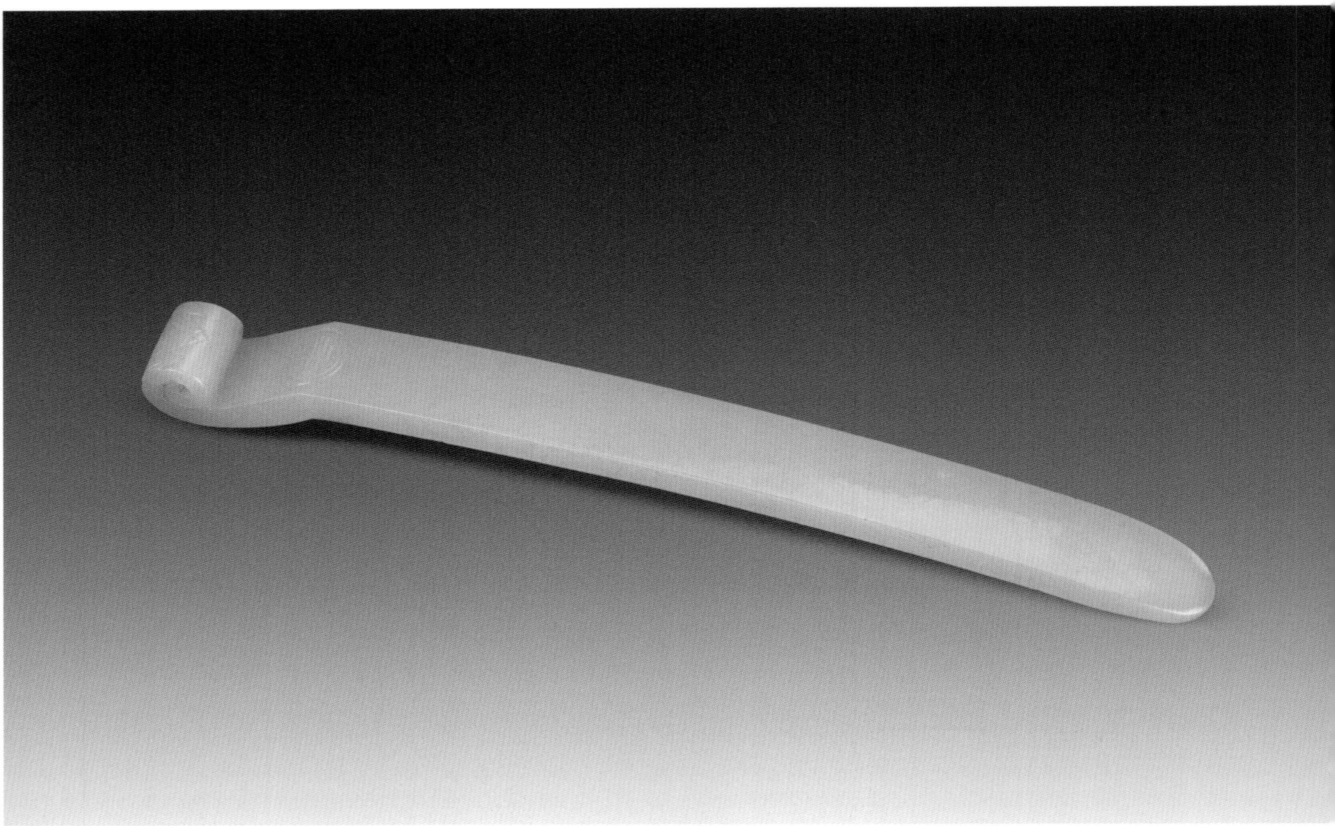

84

青玉福寿纹扁方

清代

长 14.5 厘米，宽 1.6 厘米，

厚 0.8 厘米

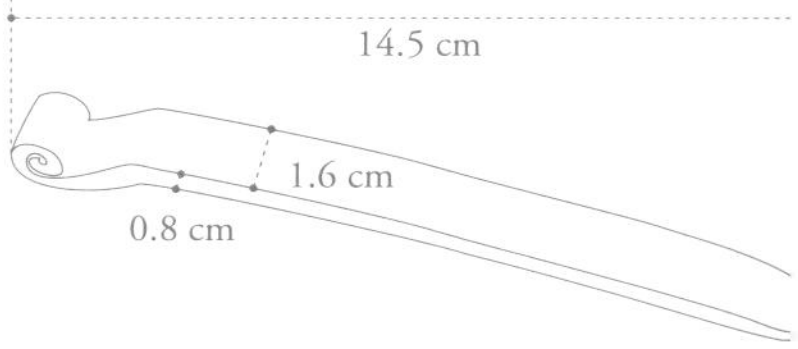

扁方顶端阴刻展翅的蝙蝠纹，蝠头望向一阴刻团寿纹。（高塽）

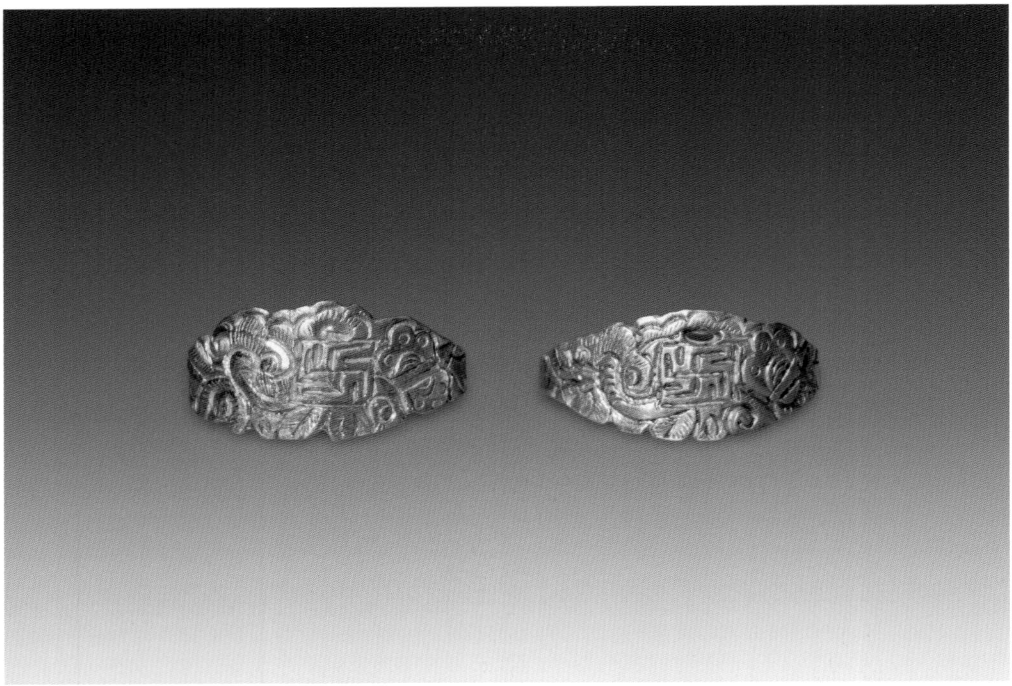

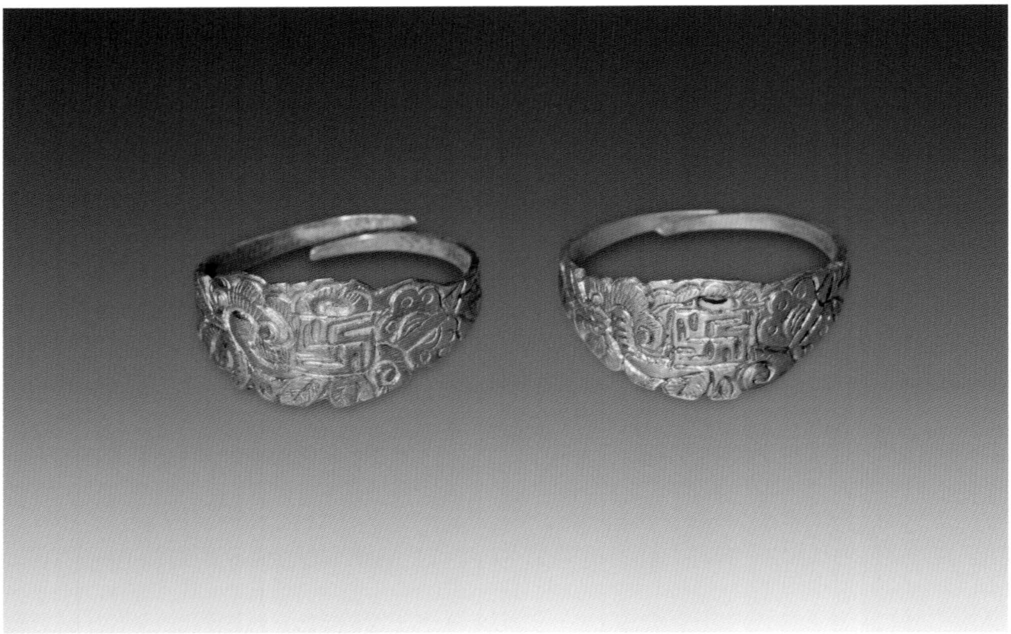

耳环的中间为『卍』字纹，左为卷草纹，右为蝴蝶纹。

（胡桂梅）

85

铜包金“卍”字纹耳环（一对）

清代

直径 2.2 厘米

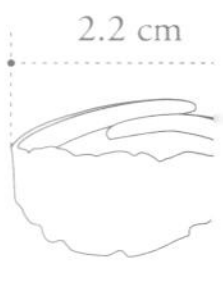

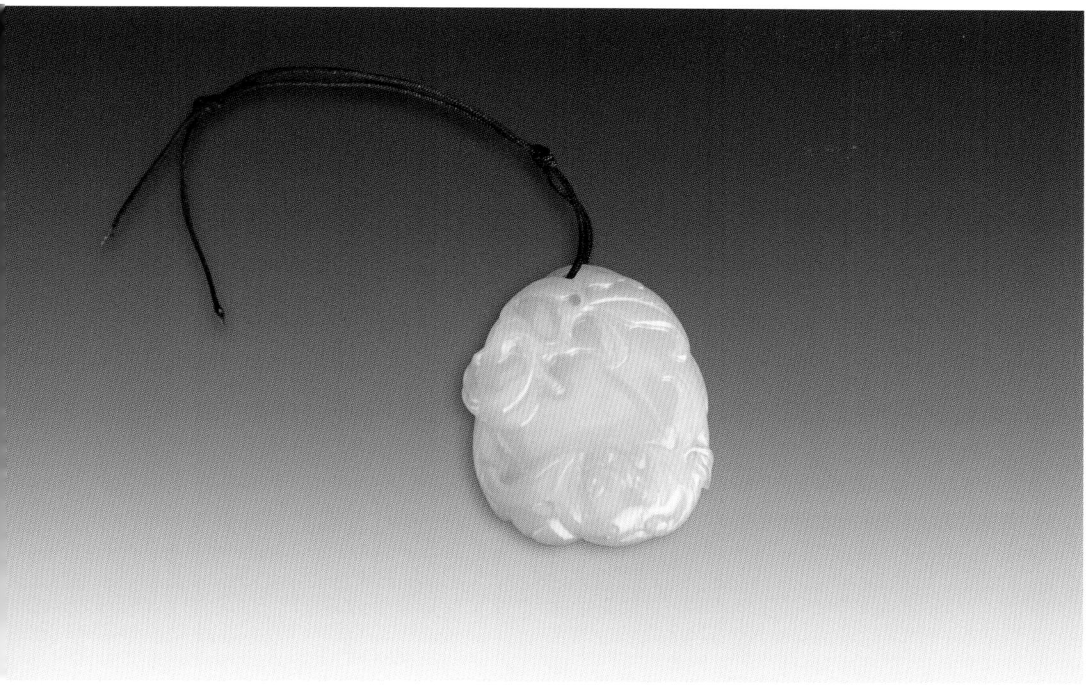

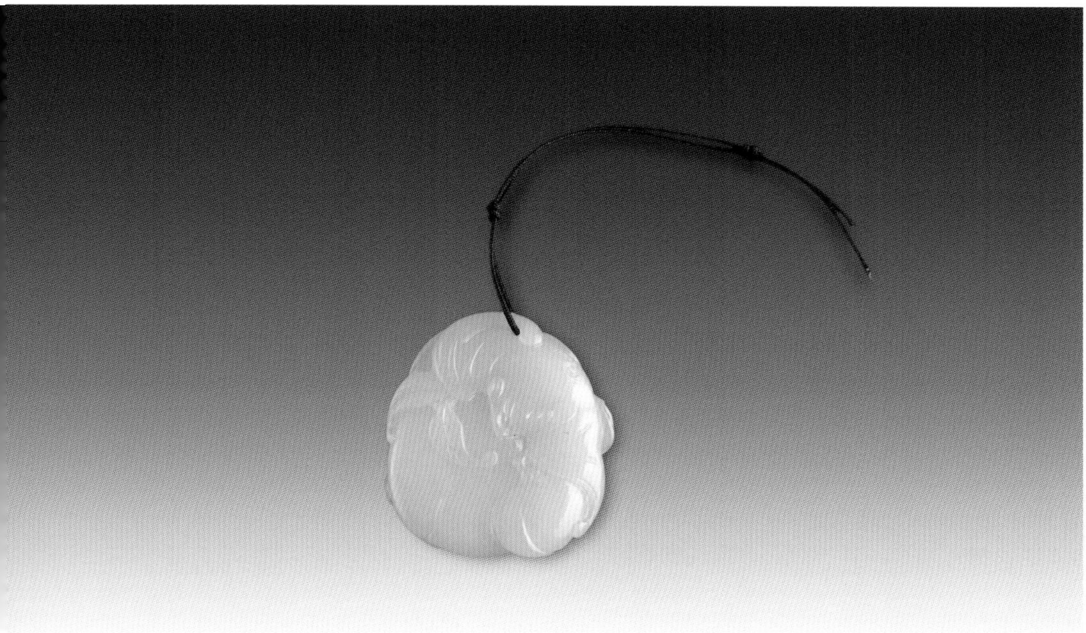

坠上雕两只蝙蝠爬伏于一大一小两只桃上。两只桃子、两只蝙蝠，寓意『福寿双全』。

（高塽）

86

青白玉福寿双全坠

清代

长 4.1 厘米，宽 3.6 厘米，

厚 0.5 厘米

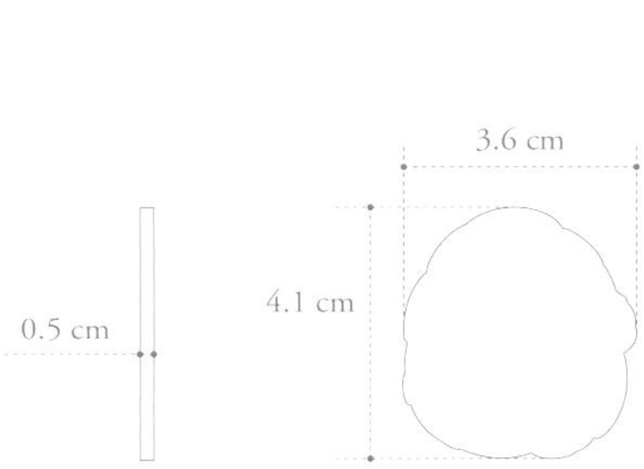

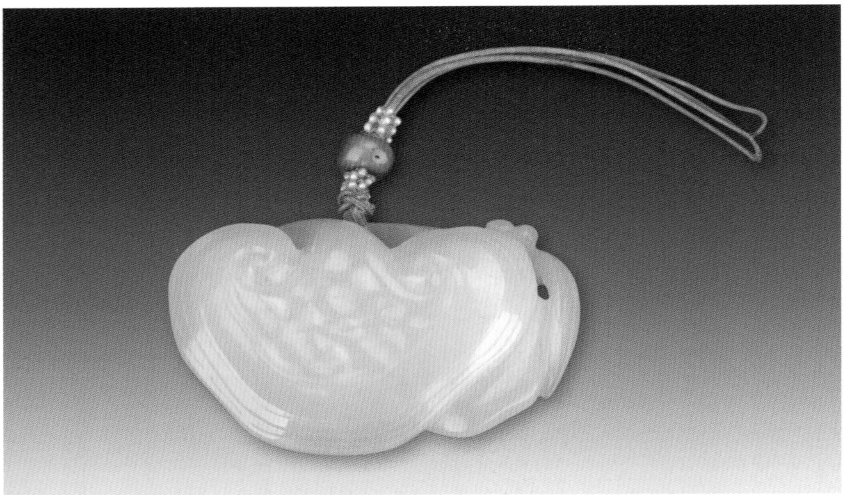

佩坠以圆雕、镂雕、阴刻雕刻技法雕成灵芝状。（高塽）

87

青白玉灵芝形坠

清代

长 4.5 厘米，宽 3 厘米，

厚 1.2 厘米

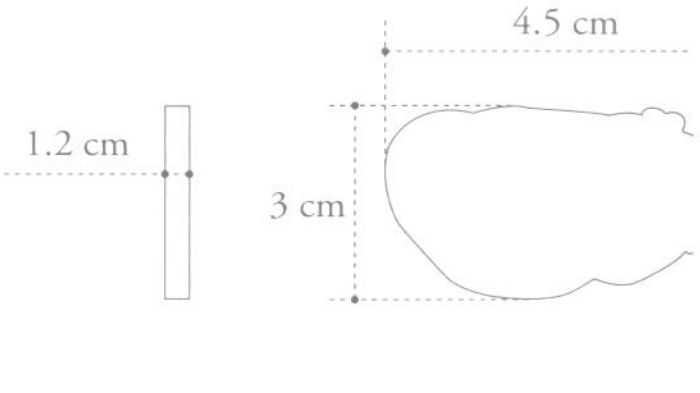

玉牌顶部浅浮雕双夔纹，内部一面浅浮雕瑞兽纹；另一面浅浮雕松鹤纹，一鹤立于树下的岩石之上。瑞兽寓意吉祥；松鹤则为长寿的象征。（高琰）

88

青玉瑞兽松鹤纹牌

清代

长 5.6 厘米，宽 4.7 厘米，厚 0.7 厘米

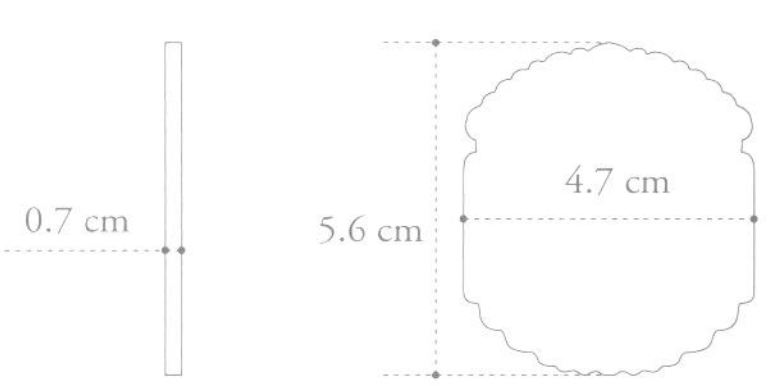

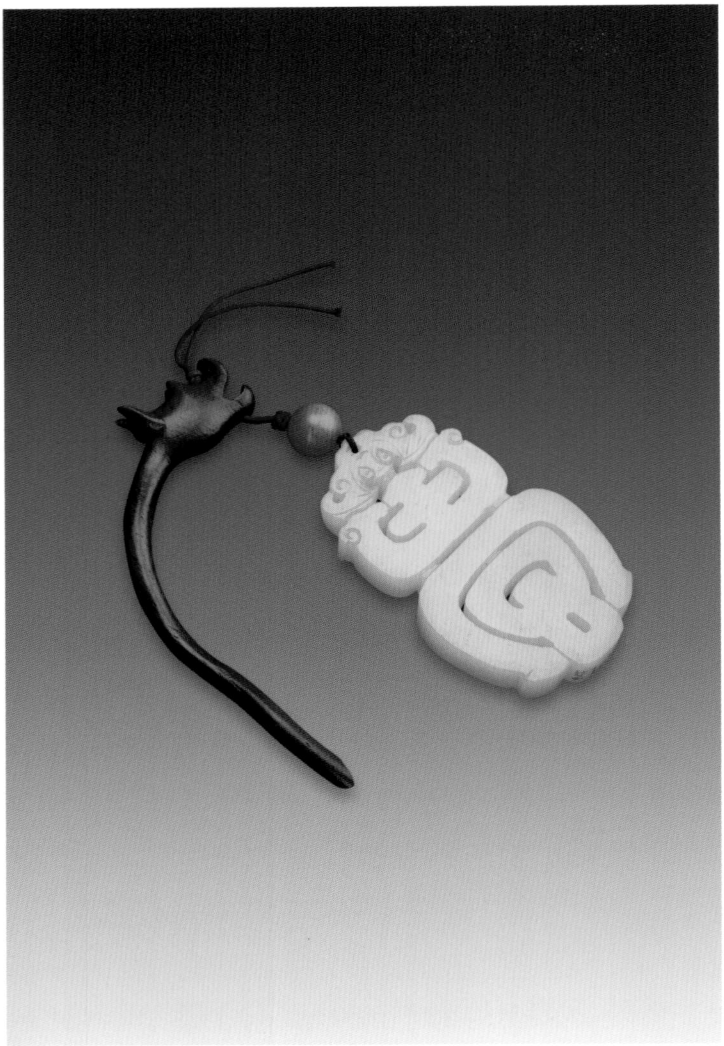

佩的主体为一镂雕的寿字。顶部为一只展翅的蝙蝠，与主体部分的篆书『寿』字，表达福寿的美好寓意。

（高琰）

89

白玉寿字佩

清代

长 6.2 厘米，宽 3.6 厘米，

厚 0.9 厘米

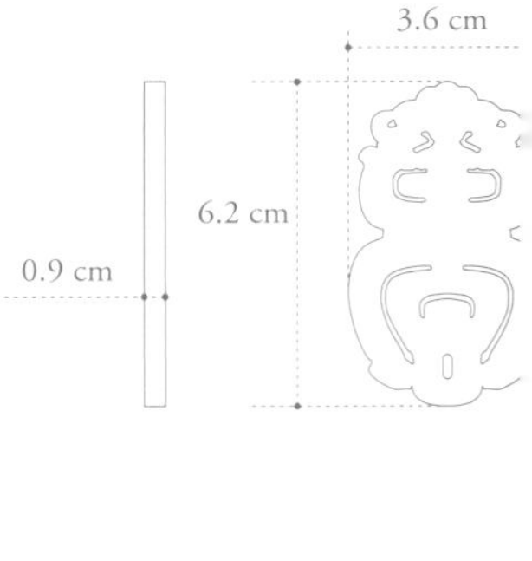

外壁一周阴刻多种写法的篆书『寿』字。

（高瑛）

90

青白玉百寿字扳指

清代

直径 3 厘米，高 2.5 厘米

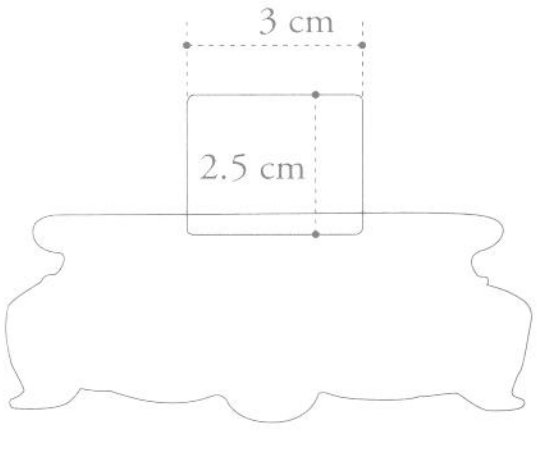

香囊为如意头形。中心开光内透雕花卉纹，在网状的镂空地上阴刻四个篆书团寿字。

（高塽）

91

青白玉镂花寿字纹香囊

清代

长 6.8 厘米，宽 5 厘米，

厚 1.6 厘米

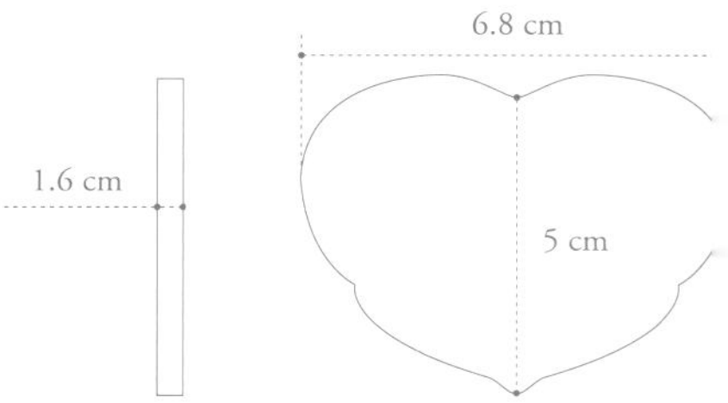

扇套以『卍』字曲水纹铺地，
其上用金线纳绣『寿考』二字以及勾连纹边饰和如意云头。
『卍』字曲水纹是将多个『卍』字相互连接组合而成的
一种四方连续图案，
又称『卍』字不到头，与『寿考』并用，
寓意吉祥延绵、万寿无疆。
（刘远洋）

92

金线纳纱绣寿考字纹扇套

清代 晚期

纵 31 厘米，横 6 厘米

“寿考”常见于古文中，《说文解字·老部》释义：“老，考也。”“考，老也。”两字相互训释，寿考即高寿、长寿之意。

93

金线纳纱绣万寿纹扇套

清代 晚期

纵 30.5 厘米，横 6.5 厘米

扇套以锦纹铺地，其上用金线绣纵向排列的三个变体寿字。寿字经过艺术变形，字形对称平衡，并巧妙地将『卍』字融入其中，表达『万寿』的吉祥含义。（刘远洋）

在黑色缎地上，以各色彩线及金、银线绣制不同样式的寿字，两两一排，纵向排列，扇套两面共有寿字二十四个。这些寿字均经过艺术化的变形，字形被拉长，以之借喻『长寿』，多个长寿字排列在一起，表达长命百岁、寿数绵长的吉祥含义。

（刘远洋）

94

黑缎绣寿字纹扇套

清代 晚期

纵 31.5 厘米，横 6 厘米

扇套上彩绣纵向排列的团寿图案。每个团寿周围环绕四合如意云头，团寿之间隔以菱形卷草纹框架，内填瑞花图案。（刘远洋）

95

蓝缎绣团寿纹扇套

清代

纵 29 厘米，横 4.8 厘米

扇套以『卍』字曲水纹铺地，两面用金线分别纳绣『益寿』『延年』二字。

（刘远洋）

96

金线纳纱绣益寿延年扇套

清代

纵 29 厘米，横 5 厘米

在浅蓝色缎地上拼贴绣出桃实及蝙蝠纹图案，寓意福寿吉祥。（刘远洋）

97

浅蓝缎地贴绣桃实纹扇套

清代

纵 27.5 厘米，横 5 厘米

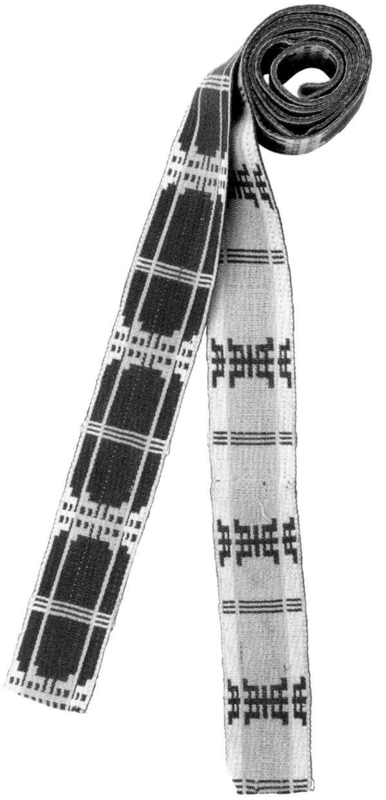

以蓝、黄、紫、白、绿五种色线织出三条带状纹饰，并在垂直方向上将其划分出等距的间隔，间隔内填饰变体寿字。（刘远洋）

98

彩织条带寿字纹腰带

民国

长 210 厘米，宽 4.5 厘米

五　笔下有『南山』

以书法、绘画作为载体的祝寿题材图像，它的产生和发展，构成了中国美术史上的一道独特景观。这种题材在汉代和魏晋时期兴起并传播，早期的图像大多风格质朴、民间趣味浓厚。但到了五代两宋时期，由于皇室贵胄庆贺寿诞的风气盛行，随着对奢华生活的追求，祝寿题材的图像及其审美趣味，渐渐呈现出铺张华丽的气息。而另一方面，宋元以来文人审美情趣的兴起，又使得在寿庆礼俗中对长寿吉祥的祝福，对做寿者本人品格、节操的赞誉常常融汇了诗词雅趣，这种化俗为雅的文人风气也同时投射在了祝寿题材图像的衍变中。

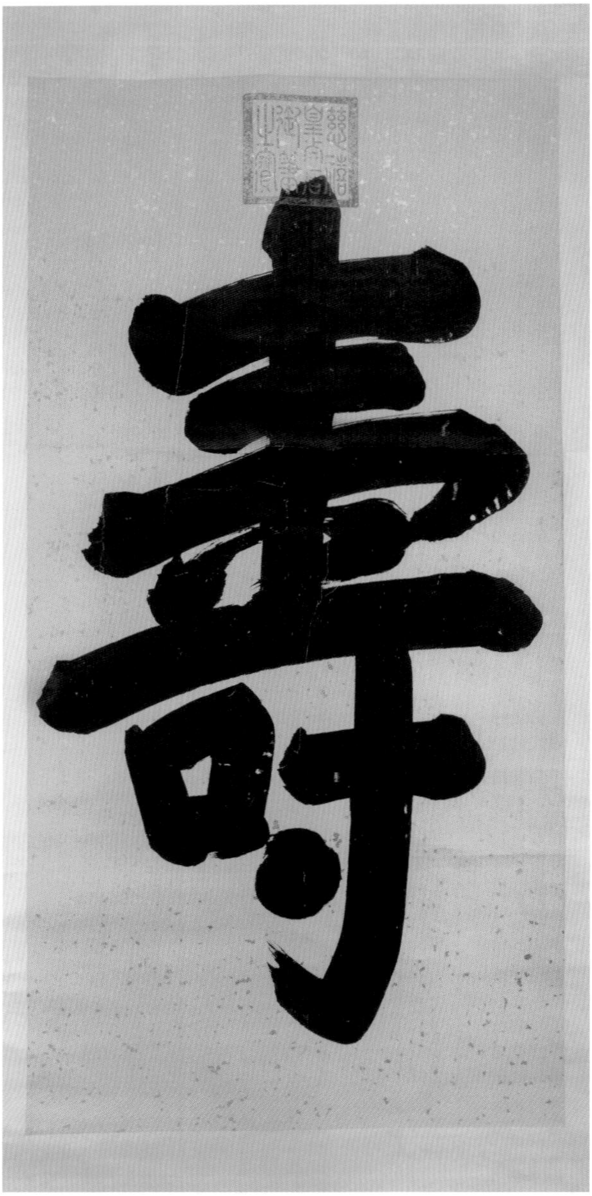

99

慈禧太后御笔“寿”字轴

清代
慈禧书，纸本，
纵 178 厘米，横 87 厘米

本幅以墨笔写楷书『寿』字。
画面正上方钤『慈禧皇太后御笔之宝』（朱文）方印。
（王放）

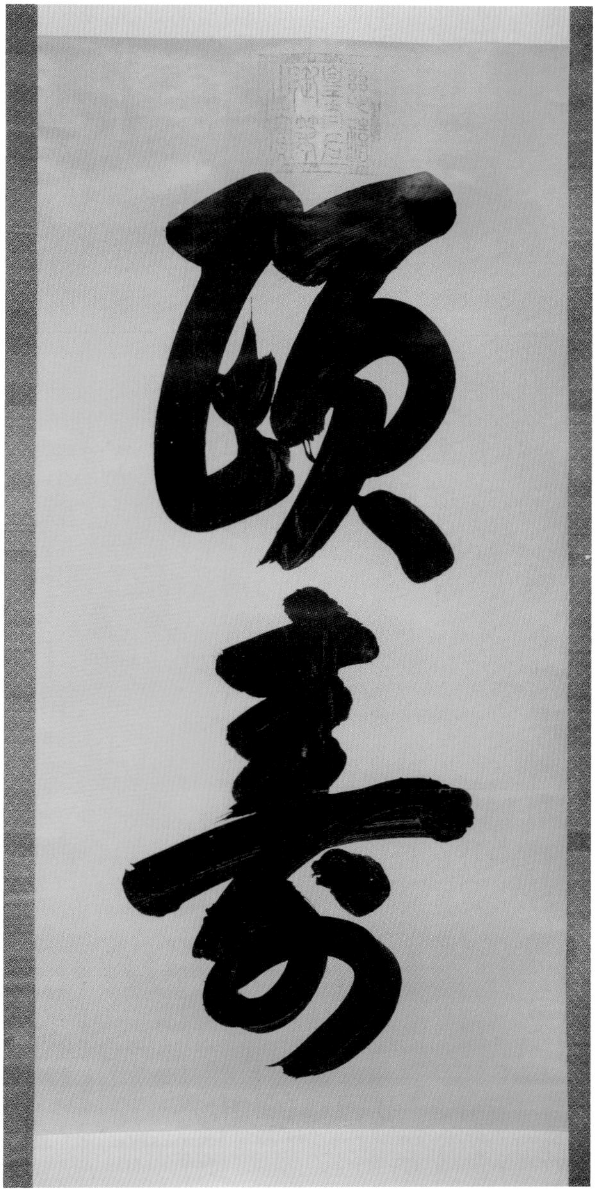

100

慈禧太后御笔“颐寿”字轴

清代
慈禧书，纸本，
纵 173 厘米，横 83 厘米

一百岁称为期颐之年，期颐，称百岁老人。《易·序卦》记：“颐者，养也。”颐寿即为百岁，意为健康长寿，颐养天年。

此幅行书，墨笔书大字『颐寿』。画面正上方钤『慈禧皇太后御宝』（朱文）方印。

（王放）

此图绘猫、蝶戏傍牡丹花，象征长寿富贵的寓意。

本幅款识：『秋母南太夫人七旬大庆，汝贤写狸奴，

丁亥六月拈吉语恭祝，非闇照并记。』

画面钤『曹克家』（朱文）、『于照之印』（白文）、

『非闇』（朱文）、『富贵埜逸』（白文）。

另有齐白石题『富贵耄耋，秋母南太夫人七旬大寿，

八十七岁白石，我奉四字丁亥。』

钤印：『齐白石』（白文）、『吾草木众人也』（朱文）。

（王放）

101

富贵耄耋图轴

近现代

曹克家、于非闇绘，齐白石题，纸本，设色，

纵 192 厘米，横 47 厘米

《礼记》：“七十曰耄，八十曰耋。”因此“耄耋”表示高龄。猫蝶即耄耋的谐音，寓意高龄长寿、幸福美好、永享天年。图中猫蝶与象征富贵的牡丹共同组合成图，被称为“富贵耄耋图”。

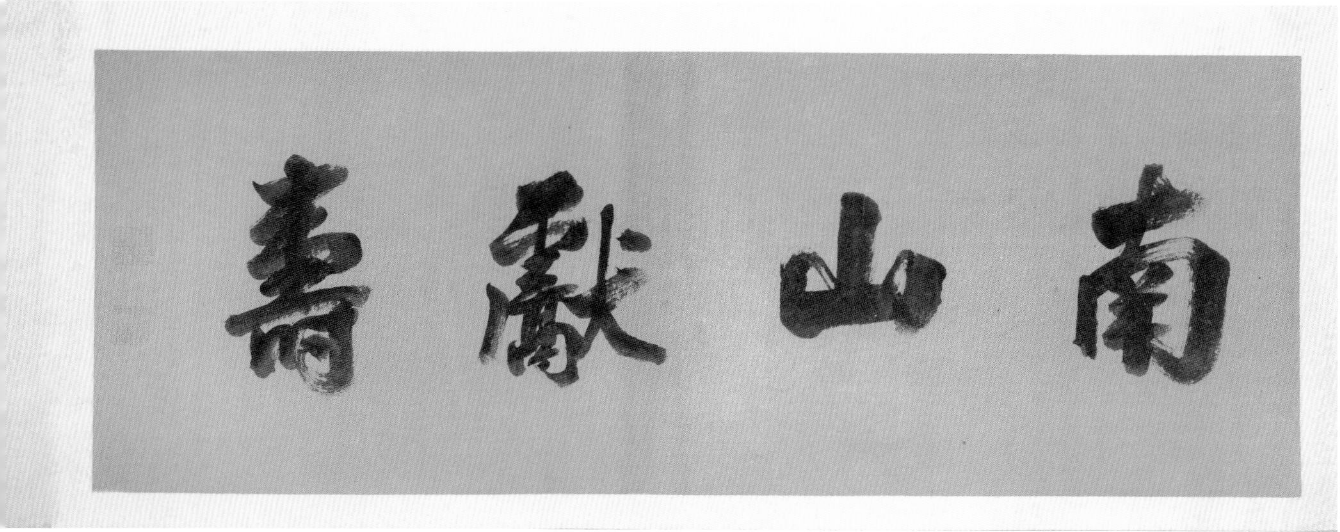

画心描绘诸路仙人赴终南山为『寿星老人』祝寿的场景，画中山势逶迤、仙云翻卷，三十余人物的刻画精细生动。画尾款识：『隆庆改元春正月写，彭城钱榖』，有钤『叔宝』（朱文）等印。此图装裱成卷，引首题『南山献寿』，钤印『臧懋循印』（白文）、『祭酒博士』（朱文），卷后亦有臧懋循题诗。

（王放）

102

南山献寿图卷

明代

钱榖绘，纸本，设色，

纵 40 厘米，横 441 厘米

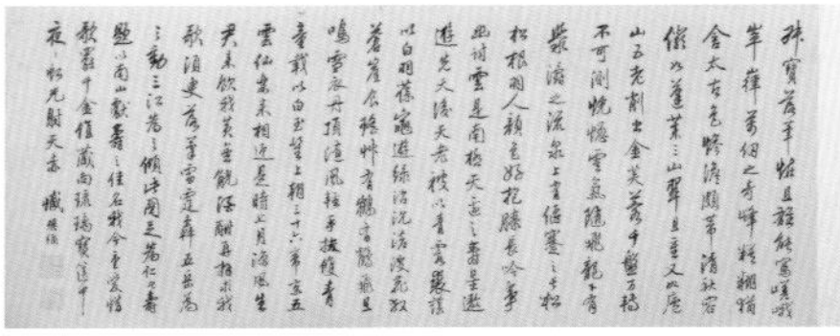

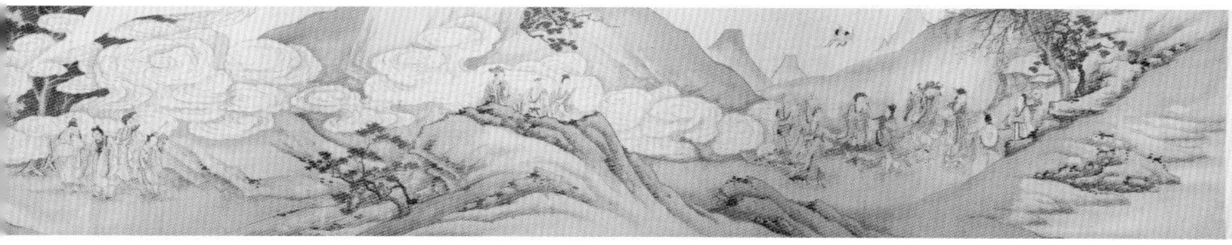

南山獻壽

画面绘松泉之旁，二老下棋，三老观棋。此为传统的五老图题材，有代指长寿、和谐、平安之意。自款属『晚山胡湄写』，钤『胡湄印』（白文）及『晚山』（朱文）印。左下角另钤印一枚，模糊不辨。

（王放）

103

五老图轴

清代

胡湄绘，纸本，设色，

纵 208 厘米，横 39 厘米

画面绘幽兰两株。

据题写可知为程砚秋母亲祝寿而作，题为：

『颜师古《幽兰赋》，惟奇卉之灵德，禀国香于自然。
洒嘉言而擅美，拟贞操以称贤。咏秀质于楚赋，腾芳声于汉篇。
冠庶卉而超绝，历终古而弥传。
若乃浮云卷岫，明月澄天，光风细转，清露微悬，紫茎膏润，
绿叶水鲜，若翠羽之群集，譬彤霞之竞然。
感羁旅之招恨，狎寓客之流连。既不遇于揽采，信无忧乎剪伐。
鱼始陟以先萌，鶗虽鸣而未歇。
愿擢茎于金陛，思结荫乎玉池。泛旨酒之十酝，耀华灯于百枝。
甲子三月二十有五日，玉霜簃主为其母六秩称寿写此以赠莲华盦茫父。』

玉霜簃主即为程砚秋。钤印：『姚华』『染而不色』(白文)。

（王放）

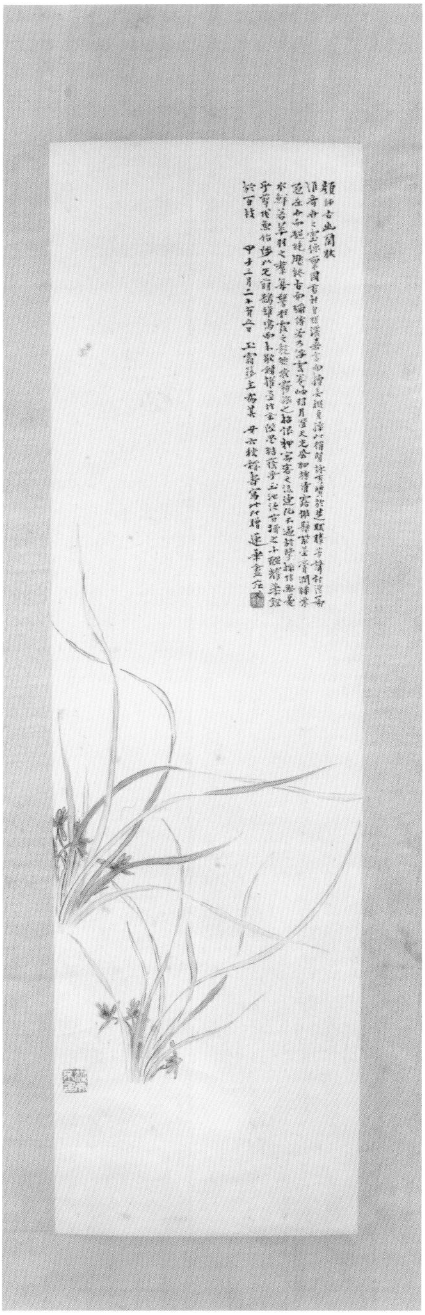

104

兰花图轴

清代

姚华绘，纸本，设色，

纵 123 厘米，横 33 厘米

兰花作为“四君子”之一
经常作为传统社会中君子品节和
人格的象征，成为文人阶层喜爱
创作的祝寿题材。

释文：『芝兰玉树皆娟秀，青鸟蟠桃共岁华』。
上款『吴母太夫人七秩寿』，下款『溥儒敬贺』。
钤印两方：『溥儒之印』（白文），
『心畬』（朱文）。
（王放）

105

溥儒行书七言联

清代
溥儒书，纸本，立轴，
纵 194.5 厘米，横 41.5 厘米

106

山水轴

清代

何远绘，纸本，水墨，

纵 92.6 厘米，横 44 厘米

画面自题：『云阙竖空上，琼台踈（应为竦）郁罗。紫宫乘绿景，灵观蔼嵯峨。相携双清内，上真道不邪。紫微会良谋，唱纳享福多。右九华安妃仙词，癸卯孟秋写仙山楼阁并书，祝玉翁吕老先生七衺荣寿，云间何远。』

由画面题识可知此幅为祝寿之用。

此幅绘仙山楼阁，皴法细密，楼台林木布置停当，金地墨笔雅逸富贵。

钤印：『何远之印』（朱文）、『履方』（白文）、『画爰』（朱文）、『诸城李氏所藏』（朱文）。

（王放）

107

牡丹条

近现代
汪溶绘，纸本，设色，
纵 101 厘米，横 32 厘米

在中国传统文化中，牡丹经常用来象征富贵，与白头翁组合构成“富贵白头”的双重祝愿。

画面自题：『孔修吾兄五十寿。慎生汪溶写祝。』钤『慎生』（朱文）、『汪溶之印』（白文）两方印。

画面绘牡丹与白头翁，寓意『富贵白头』，为祝寿传统题材。

（王放）

六 雅意绵延

在中国传统社会中，文人阶层基于自己的审美需求和生命价值取向，为寿文化融入了道德、情操、品格等带有文化象征意义的符码，尤其表现在文人书房之内常用的笔、墨、纸、砚等文房用具中。由于文房用具使用者多为文人士大夫，他们也常参与制作，在材质、样式以及长寿图案的选择上更追求精巧雅致、清新脱俗的审美倾向，在一定程度上弥补了寿文化表达手法单调、内容趋同、缺乏精神文化内涵方面的不足，使其呈现出更为丰富的雅致意蕴。

108

胡开文富贵图墨

清代

长 9.3 厘米，宽 1.4 厘米，

厚 0.5 厘米

墨面拼接通景牡丹异石图，寓意富贵吉祥。末锭上部右侧填绿隶书『大富贵亦寿考』，墨背分别题写不同篆体『寿』字，每锭二十个字，合计一百字，组成百寿图，寓意长寿，俱填金篆书。

（胡桂梅）

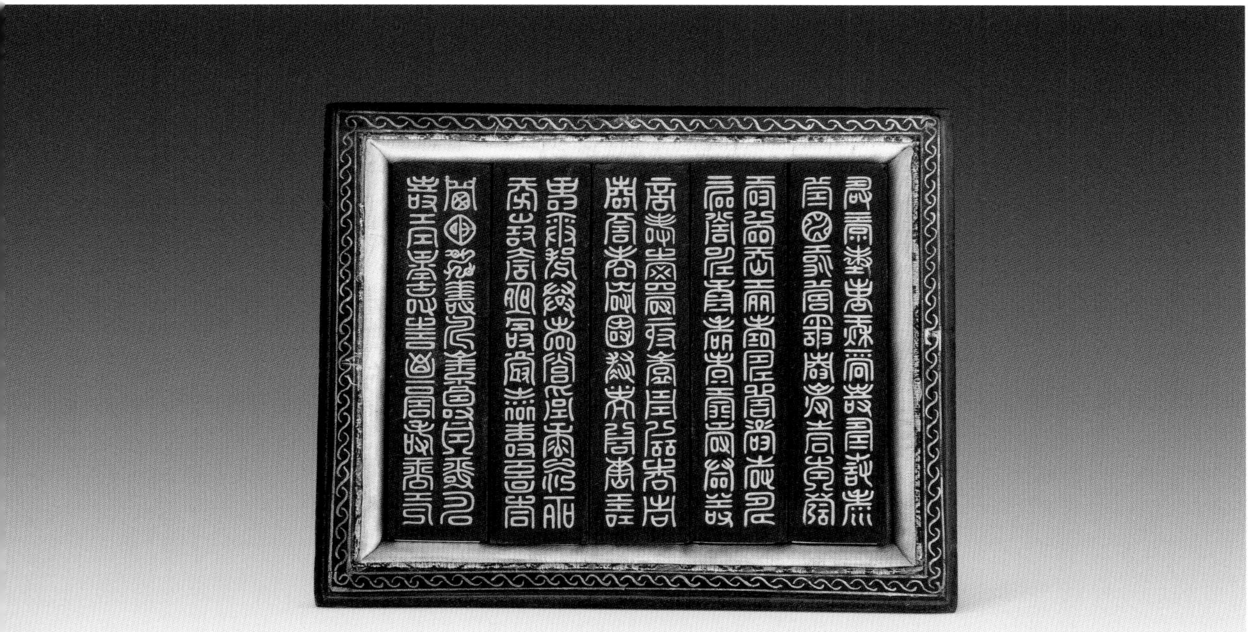

典故出于唐将郭子仪。郭子仪（697—781 年），华州郑县（今陕西省渭南市华州）人，唐大将。以武举累官至天德军使兼九原太守。安禄山叛乱时，任朔方节度使，在河北击败史思明，收复长安、洛阳，因功升中书令，后又进封汾阳王。戏剧传说中，郭子仪有七子八婿，都在朝做官，其子郭暧是当朝驸马。每逢郭子仪寿诞，七子八婿都到府祝寿，仅牙笏即摆满一床。因郭暧是驸马，郭子仪可带子上朝。郭子仪寿高 84 岁，人们羡慕其官高位显，又长寿且子孙满堂，称颂其为“大富贵亦寿考”。

109

汪乾章监制“八仙图”墨

清代 晚期

长 10 厘米，宽 5.9 厘米，

厚 1.2 厘米

墨面框内分别彩绘八仙。

墨背框内填蓝楷书

『逍遥啸傲全真友，遥见弧南光烛斗。

翩然汇萃出蓬瀛，托迹烟云成不朽。

乾坤止在画图中，铛煮山川世希有。

芝盈筐筥枣如瓜，介寿称觞侑春酒』。

墨侧阳文楷书『汪乾章监制』。

墨顶阳文楷书『五石顶烟』。

（胡桂梅）

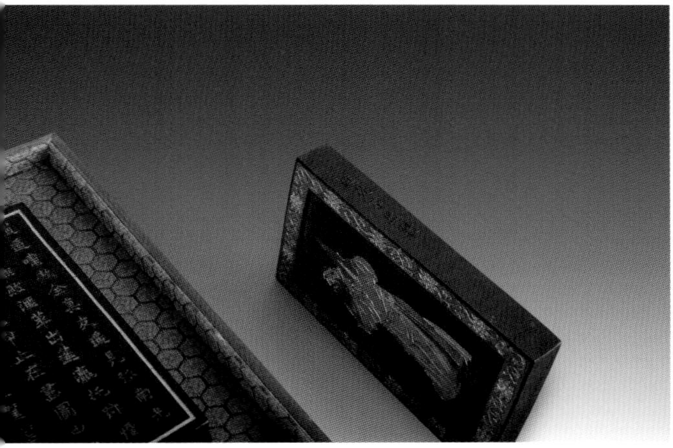

墨面雕南极仙翁图，墨背填金楷书『南极老人，躔于东井。春夕值丁，秋曙见丙。保章占侯，祥辉炯炯。寿考万年，与天地并』，钤『曹素功墨』『艺粟斋藏』印。

（胡桂梅）

110

曹素功南极老人墨

清代

直径 8.7 厘米，厚 1.6 厘米

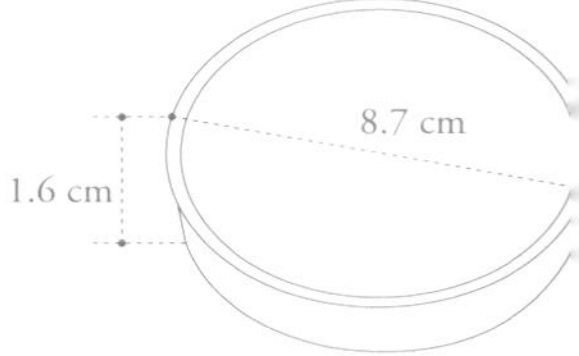

笔筒外壁雕五老观图。（胡桂梅）

111

象牙微雕五老观图笔筒

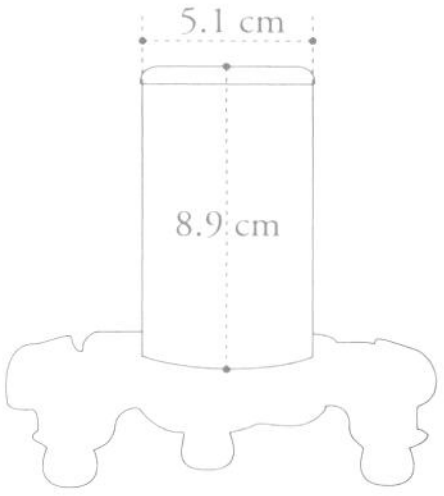

清代

口径 5.1 厘米，高 8.9 厘米

笔筒外壁一面开光，内浮雕八仙图。
另一面开光，内雕行书
『知耻近乎勇，力行近乎仁』，
落『子贞』款。
（胡桂梅）

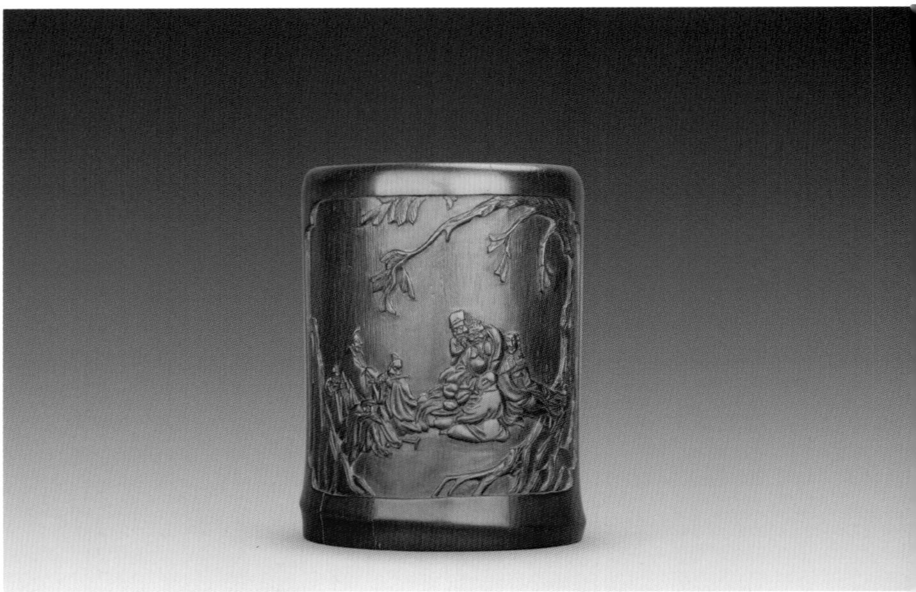

112

八仙庆寿图竹笔筒

清代

口径 11 厘米，高 15 厘米

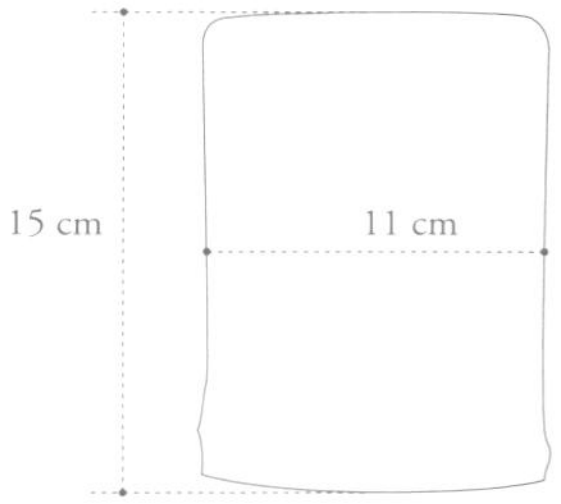

墨床大面的正中刻团寿字，两侧分别雕蝙蝠纹和牡丹纹。墨床侧面雕蝙蝠纹，寓意『福寿富贵』。

（胡桂梅）

113

木雕福寿如意墨床

清代

长 13.8 厘米，宽 5 厘米，高 3.4 厘米

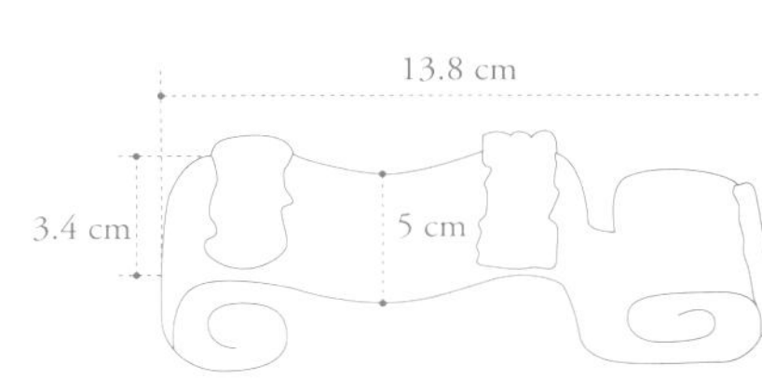

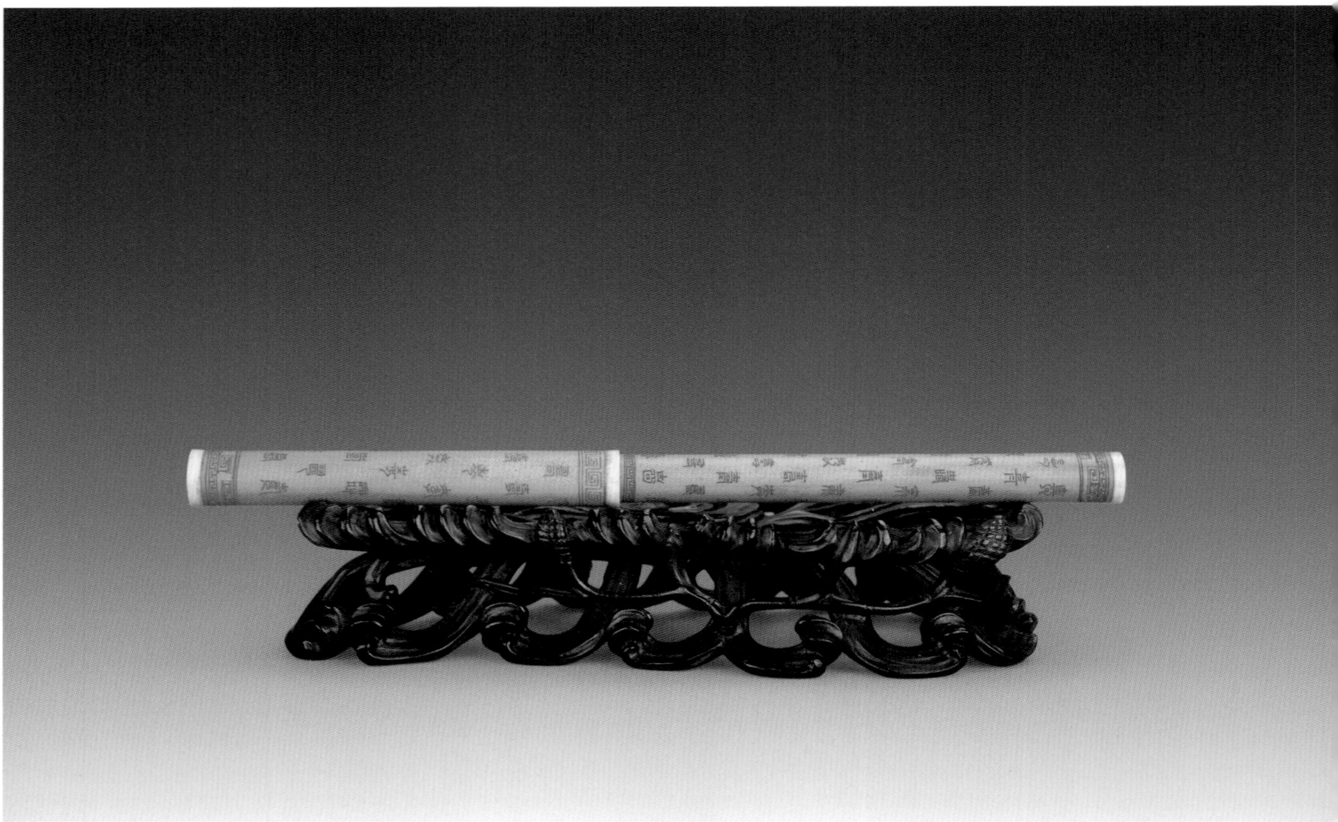

笔管、帽上运用浅刻的技法雕出不同篆体『寿』字。

（胡桂梅）

114

竹刻篆书寿字毛笔

民国

长 25.2 厘米，直径 1.6 厘米

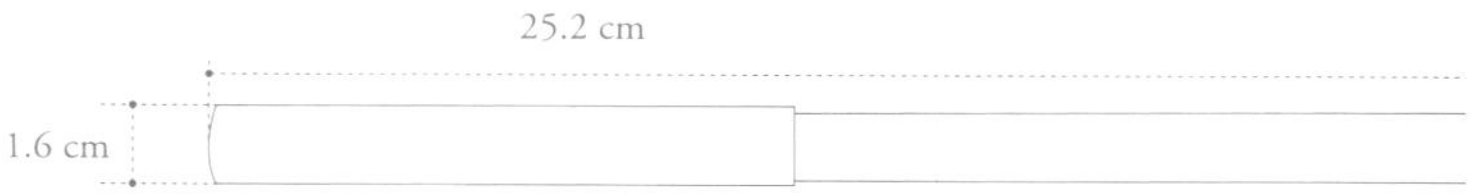

水盂口部贴塑蝙蝠和螭龙，蝠、螭昂首相望。

蝙蝠和螭龙是清代常见的瑞兽纹样组合，寓意『福寿双全』。

（李晔）

115

白釉福寿包形水盂

清代 乾隆

高 7 厘米

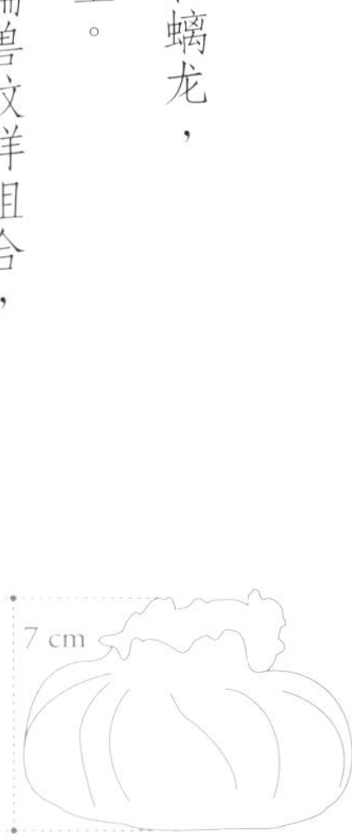

116

青白玉寿星童子纹山子

清代

长 10.1 厘米，宽 2.3 厘米，

厚 5.7 厘米

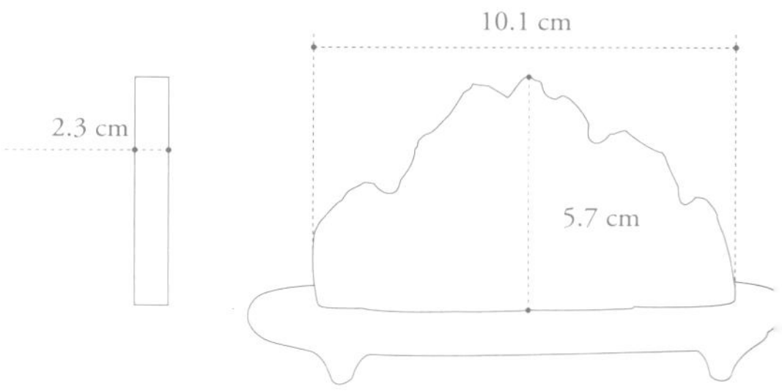

山子一面雕苍松、亭台、老者、童子；
另一面雕双鹿、岩石、灵芝。
双鹿灵芝纹具有长寿福禄的美好寓意。
（高塽）

图书在版编目（CIP）数据

吉物咏寿 / 王放著. — 北京 : 北京燕山出版社,
2022.5

ISBN 978-7-5402-6509-0

Ⅰ. ①吉…　Ⅱ. ①王…　Ⅲ. ①博物馆—历史文物—北京—图录　Ⅳ. ①K872.12

中国版本图书馆CIP数据核字(2022)第 072131号

作　者	王　放
责任编辑	张金彪
书籍设计	XXL Studio　马庆晓
出版发行	北京燕山出版社有限公司
社　址	北京市丰台区东铁匠营苇子坑138号C座
邮　编	100079
电　话	010-65240430
印　刷	北京雅昌艺术印刷有限公司
开　本	889 × 1194　1/16
字　数	120千字
印　张	13
版　次	2022年5月第1版
印　次	2022年5月第1次印刷
书　号	ISBN　978-7-5402-6509-0
定　价	580.00元